Inhaltsverzeichnis

AF219876

Randwelt

Fantastisch-erotische Erzählung

von

Heinz Andernach

© 1994 Heinz Andernach
Herstellung und Verlag: BoD – Books on Demand,
Norderstedt
ISBN: 9783756801961

1.

Ich bin Philosoph und bin in Urlaub. Es ist jedes Mal dasselbe. Alle scheinen zu wissen, was ich tue, sprechen über mich. Manchmal sind die Allwissenden aber gar nicht so allwissend, geben Vermutungen ab.

Ich habe mich vom Rande in eine etwas stärkere Zentrumslage bewegt, in der man sich sehr geschäftstüchtig gibt. Besonders bei jüngeren Frauen fällt mir das auf. Ich habe noch nie so viele junge, meist schöne Frauen allein gesehen. Männer sieht man selten alleine. Ich bin wohl der einzige Mann, bei dem das auffällt.

Andere Urlauber treten auch paarweise auf oder in Gruppen. So behalten sie eine gewisse Geschäftstüchtigkeit oder erwecken zumindest den Anschein. Ich habe meine Geschäfte zu Hause gelassen, quasi am Rande. Meinen philosophischen Arbeiten gehe ich im Stillen nach. Ich mache dazu Wanderungen oder sitze auf dem Klo. Hin und wieder bin ich schlaflos, wenn Schmerzen mich daran erinnern, dass ich meinen Geschäften nicht immer nachgehen werde.

Ich lebe gewöhnlich in einer absoluten Randlage. Von allen neun Kontinenten lebe ich auf dem Randkontinent. Es ist quasi der Außenseiterkontinent auf einer Außenseiterwelt. Die Bevölkerung unseres Planeten hat es nach Jahrhunderten geschafft, als friedliche, multikulturelle Gesellschaft zusammenzuleben.

Bei diesem Thema fange ich an zu übertreiben. Wir sind wirklich nicht gewaltfrei, es gibt aber nicht mehr die hochorganisierten, zentralen Gewalten, die drohen, sich gegenseitig zu vernichten. Es gibt nur noch die vernetzte kommunale Polizei und die vernetzte Mafia, die als organisierte Gewaltträger auftreten.

3

Ja, ja, Armut bringt einiges an Problemen mit sich, nicht jeder kann damit umgehen. Armut ist wie eine Droge. Gut, gut, Reichtum ist auch eine Droge, sie wirkt aber anders.

Von allen neun Kontinenten lebe ich - wie gesagt - auf dem Außenseiterkontinent. Das ist gar nicht so einfach, wenn man sich auf einer Kugeloberfläche befindet, denn nichts anderes stellt unser Planet für uns dar. Unser Kontinent ist der kleinste. Ich erlaube es mir, im Zentrum unseres Randkontinentes zu leben, aber hier ist das topographische Zentrum wiederum die Randlage, da sich das Gros der Bevölkerung an der Küste angesiedelt hat - irgendwann einmal.

Küsten stellen zwar topographische Randlagen dar, aber sie sind das Zentrum unseres Lebens. Man braucht etwas Distanz, um darüber nachzudenken. Die Menschen unseres Kontinents vergessen oft ihre Randlage, wie wir alle vergessen, dass unsere Welt die absolute Randlage darstellt.

Wir haben eine nette, orangefarbene Sonne, die Abstand genug hält, damit wir uns noch bemerkbar um unsere eigene Achse drehen. Astronomisch betrachtet befindet sich dieser Stern ebenfalls am Rande, wie sollte es auch anders sein. Sonst würde ich vermutlich nicht hier leben. Das ist eine Theorie von mir, die man mal kritisch durchleuchten sollte. Unsere Sonne befindet sich am äußersten Rand der Galaxis: Zur anderen Seite befinden sich vielleicht noch ein paar Sterne, die vermutlich keine lebensfähigen Planeten an sich binden, da bin ich sicher.

Ein bekannter Astronom hat einmal geschätzt, dass nur zehn Planeten wie unserer in der ganzen Galaxis existieren. Ich bin mir sicher, dass unsere Galaxis sich in einer absoluten Randlage in ihrem Haufen befindet, und so fort. Ich bin astronomisch sehr interessiert.

Das Spiel könnte sich so fortsetzen. Mit ein wenig Glück könnte ich die größte Randerscheinung des Universums sein. Manches wundert mich. Wieso wird eine topographische Randlage wie die Küste zum begehrten Zentrum des Kontinents?

4

Alleinstehende Männer sind hier sehr begehrt, Mädchen mit schnippenden Fingern, der Daumen nicht unbeteiligt, gehen an mir vorbei. Ich habe nie Zeit zu reagieren, ich vermute, auch nicht das Geld. Philosophen sind generell langsame Menschen und meistens arm. Die Randerscheinung bietet meiner Ansicht nach die beste Vorbedingung für tiefe philosophische Erkenntnisse, menschliche Distanz lässt besser über die Menschen reflektieren. Allerdings macht sie schüchtern, vielleicht auch einsam.

Ich bin ehrlich, ich komme mit den Menschen nicht zurecht, ihre Randlosigkeit kann manchmal erschreckend sein. Ich bewege mich unsicher durch die sonnigen Küstenstädte. Die Aktion um mich herum raubt mir den Schlaf. Meine Gedanken reflektieren sich in den Stimmen, die von draußen in mein Zimmer dringen. Sie lassen mir keine Ruhe.

Ich gehöre nicht zu den reichen Gelehrten meiner Zunft, wenn ich dieses schon sehr veraltete Wort gebrauchen darf. Als Philosoph liest man ja auch ziemlich altes Zeugs. Ich bin keiner, der sein Wissen oder seine Weltanschauung für gutes Geld verkauft, in Fernsehshows auftritt oder in First-Class-Hotels Urlaubern gute Ratschläge gibt. Mein persönlicher Traum war es nie, persönlicher Berater eines Tycoons zu sein. Nein, das wollte ich nie!

Aber so werde ich mir nicht die eine der beiden Rollschuhfahrerinnen leisten können, die im Partnerlook an mir vorbei sausten, während ich, nachdem ich irrtümlich schon den offenen Verschluss des Tischessigs aufgeschraubt hatte, auch den des Öls aufschraubte. Sie waren dunkel und neckisch gekleidet, trugen schwarze Hotpants. Ich hatte keine Zeit zu sehen, ob sie mit Daumen und Zeigefinger typische Handbewegungen machten. Die Dunkelhaarige interessierte mich besonders.

Kein Geld für die beiden, die für mich die Attraktion des kleinen Städtchens sind, in dem ich mich zurzeit befinde und das mir keine Ruhe lässt. Ins Zentrum der Küstenlandschaft habe

5

ich mich nicht getraut, das Ganze raubt mir ja hier schon den Verstand. Ich hoffe es ist alles eine Gewohnheitssache, sonst wäre ich schizophren, und für diesen Fall hätte ich schlechte Chancen auf dem Arbeitsmarkt.

Trotz mancher Verwirrung bin ich davon überzeugt, manchmal einen scharfen Verstand zu besitzen. Es ist natürlich unseriös, sich selbst einen solchen zuzubilligen, aber im Laufe seines Lebens bekommt man ja Resonanz, andere als die, die sich jetzt in meinem Kopf abspielt und nur ein müder Versuch ist, mich in die Bedeutungslosigkeit zu begeben. Ein müder Versuch nicht zu sehr an die Rollschuhfahrerinnen zu denken. Ich bin zurzeit viel zu müde für meinen Urlaub, so sieht es aus.

Vielleicht werde ich ja auch irgendwann zu müde sein für diese dämlichen Reflexionen, aber ein bisschen Aufregung, die neben dem liegt, was mir meine Arbeit bietet, wäre ganz gut. Ein kleines erotisches Abenteuer nach monatelanger Abstinenz könnte nicht schaden. Mit den Käuflichen habe ich so meine Probleme. Ich würde mich gerne mit ihnen unterhalten, denn es hat mich schon immer gereizt, an einer Philosophie der Prostitution zu arbeiten. Auch hat es mich wohl immer gereizt, mit Prostituierten zu schlafen. Warum sonst mein Wunsch, sie kennenzulernen? Selbst diese Motivation, über sie philosophieren zu wollen, kann nur dem tieferen Wunsch entstammen, mich auf das aufregende Abenteuer des immer neuen Sexes einzulassen, der ein wenig der Käuflichkeit entweicht.

Ich habe über eine kleine Philosophie der Liebe nachgedacht, und obwohl ich dieses Problem nie professionell angegangen bin, sind Vorstellungen über Liebe in mir tief verwurzelt. Vielleicht glaube ich an die Liebe, weil ich zu geizig bin, vielleicht glaube ich an sie, weil ich einfach arm bin. Ich möchte nicht zu viel verraten über meine Person, und dennoch tue ich es manchmal. Jeder verliert auf seine Weise.
Beim Essen verrät mir die nette Bedienung, dass die Mädchen, die den Daumen hochstrecken, zu haben sind. Was immer das auch für mich heißen mag. Wen kann ich schon haben? Meine körperliche Attraktivität reicht nicht aus, um meine Unsicher-

heit, meine mangelnde Ausstrahlung auszugleichen. Und mein Intellekt, gleichwohl in verschiedenen Disziplinen geschult, soll in sozialer Hinsicht gegen null tendieren, sagte ein Freund, der es schließlich vorzog, in das Zentrum unserer Randwelt zu ziehen.

Allgemein gelangweilt läuft bei unserer gebildeten Bevölkerung die Diskussion über unseren besonderen Status in dieser Galaxie. Nun ja, diese Galaxie ist wirklich sehenswert. Während wir im Sommer nur ein oder zwei Sterne und ein paar Planeten zu Gesicht bekommen, deren Isoliertheit mich erschaudern lässt, ist der Nachthimmel im Winter mit einer Vielzahl von Sternen gefüllt und ein breites milchiges Band lässt die Galaxie erahnen.

Unglücklicherweise besitzen die im Winter Geborenen kein Sternzeichen, sodass die Astrologen bei diesen leer ausgehen. Clevere Astrologen bieten den Unzufriedenen Wahlsternzeichen an, und ich finde es nicht verwunderlich, dass viele sich das Sternzeichen Ameise aussuchen. Dieses Sternzeichen steht für beharrliches Vorwärtskommen und ein geregeltes soziales Leben. In meinem jugendlichen Übermut hatte ich das Sternzeichen Einsiedlerkrebs gewählt, das als wenig gesellig gilt. Wem sage ich hier etwas Neues?

Heute würde ich das Zeichen nicht offen an der Kette tragen. Es gibt zu viele Vorurteile. Vielleicht habe ich ja mal das Glück, eine passende Frau zu finden, vielleicht findet eine ja auch mich. Ich wäre bereit meine Randlage aufzugeben, weniger zu arbeiten und so weiter.

Ich habe ein Zehn-Jahres-Abonnement von Body, der führenden Männerzeitschrift. Das verdirbt etwas den Charakter, wenn man allein lebt. Man sieht allerlei angezogene und nackte Frauen, die nach Marktkriterien ausgesucht worden sind. Diese Zeitschrift ist für Männer gemacht, was immer das auch heißen mag. Jedenfalls werden diese Zeitschriften hauptsächlich von Männern gekauft, und die Photographen suchen sich die Mädels aus, die die Auflage stabil halten. Ich bevorzuge die Body, weil meiner Meinung nach die Mädchen am meisten Charakter zeigen. Body ist nicht ein x-beliebiges Arsch- oder Tittenblatt.

Vor Jahren hat es in dieser Zeitschrift mal einen Essay von mir im populärwissenschaftlichen Stil über den Sinn von Sex in einer Randwelt zu lesen gegeben. Ich war mächtig stolz. Von da an wurde ich zum Stammkunden von Body, die nicht besonders teuer zu sein braucht, um Profite zu machen. Das spricht nicht gegen das Blatt. Auf unserem Kontinent haben Männerzeitschriften ein gutes Niveau. Ich weiß allerdings nicht, ob mein Essay damals auch gelesen oder verstanden wurde, jedenfalls wurde er ausgesucht, weil man annahm, damit die Auflage stabil zu halten. Obwohl ich an meiner Schreiberqualität sonst nicht zweifle, habe ich diesbezüglich doch meine Zweifel.

2.

Ein paar Tage vergingen, die ich im permanenten Suff verbrachte. Der Suff ist das Einzige, was ich mir leiste, und er ist in der Regel bezahlbar. Diesmal aber kam es teurer, denn meine ungestillte Liebe zu den Frauen hatte mich zu besinnungslosem Trinken geführt, das angeschnallt in einem der gut eingerichteten Krankenhäuser endete.

Man würde mich mehrere Tage festhalten, und jeder Tag würde mich ein Vermögen kosten. Als Philosoph einer Randlage verdient man nicht genug, um sich solche Exzesse leisten zu können. Wieso konnte ich überhaupt leben? Es war mir immer ein Rätsel, dass ich mit meiner brotlosen Kunst nicht verhungerte. Wir leben nicht in einem Sozialstaat, hier gibt es keine Renten, nicht das, was man Sozialhilfe nennt. Hier muss alles erobert werden.

Die sozial Schwachen, die Außenseiter, die, die nicht in der Lage sind, für sich selbst aufzukommen, müssen von ihren Familien getragen werden. Anders geht es hier nicht!

Ich habe keine Familie, keine Freunde, bis auf ein paar Intellektuelle, die auf dem Kontinent verstreut sind und mit denen ich im elektronischen Briefwechsel stehe. Ich habe meine Brieffreunde noch nie gesehen, aber es sind die einzigen Freunde, die ich habe. Warum ist das so? Bin ich solch ein unsozialer Mensch, den die anderen meiden? Ich lebe für meine Arbeit, und der Zufall will es, dass sich manchmal einen Dollar verdienen lässt. Habe ich heimliche Gönner? Ich weiß es nicht. Manchmal bekomme ich kurzfristig einen Lehrauftrag, man verlangt ein Gutachten von mir oder ich gebe Unterricht.

Jedenfalls reichte das Geld der letzten Zeit, um mir diesen kleinen Urlaub leisten zu können. Nach langer Zeit war in mir das Bedürfnis gewachsen, mich aus der absoluten Randlage fortzubewegen. Am liebsten hätte ich ein Raumschiff genommen oder eine Beam-Station, die mich ins Zentrum des Geschehens, ins Zentrum der Milchstraße gebracht hätte. Ich liebe die Gegensätze.

Jahrelange Isolation in der Randlage lässt solche Bedürfnisse, wie im Mittelpunkt zu stehen, bei mir wachsen. In dieser Hinsicht bin ich ein Extremist.

Ich wollte auch den sexuellen Exzess nach meinem Einsiedlerleben, aber wie hätte ich ihn mir leisten können? Ich konnte ihn mir nicht leisten. Die Idee, meinen Urlaub im Zentrum der Galaxie zu verbringen, war natürlich eine absolute Schnapsidee. Auf unserem Planeten gab es keine Raumschiffe oder Raumstationen. Sie existierten nur in unserer kollektiven Phantasie.

Besonders in meiner, hatte ich mich doch bewusst in die Randlage der Randlagen begeben, um arbeiten zu können. Der Trip zu einer Zentralwelt der Milchstraße: ein Traum. Nicht ohne philosophischen Hintergrund. Aber wie das so ist, ich konnte mir noch nicht einmal die Reise zu einem der Zentrumskontinente leisten. Nein, ich würde meinen Urlaub auf meinem Kontinent verbringen. Aber meine Erlebnisse an der Küste sind so überwältigend, dass ich mir vorkomme, als befände ich mich im

9

Zentrum des Lebens, obwohl es nur die Küste des Außenseiterkontinents ist. Und es ist nur eine sehr junge Rollschuhfahrerin hier in Tossa, die mich vollständig um den Verstand gebracht hat. Ich bin gewiss zwanzig Jahre älter als sie. Ihretwegen habe ich mich so maßlos besoffen. Bin ich so vernarrt in die Kindheit, in die Jugend, dass ich versuche, diese mit der Idee der Sexualität zu füllen?

Warum entsteht die Sehnsucht nach einer Sechszehnjährigen? Ihre Freiheit und ihre natürliche Lebenslust locken mich. Aber vielleicht sind die Mädchen auch schon drogensüchtig. Man weiß doch, dass die Jugendlichen in den Küstenstädten sich die neuen Drogen antun, von denen ich manchmal zu träumen wage. Die Drogen, die eine Person nach außen wenden, die selbst aus einer introvertierten Person wie mir ein extrovertiertes Etwas machen, so sagt man.

War nun die Euphorie des Rollschuhmädchens natürlich oder einer Droge zuzuschreiben, egal, sie brachte mich um den Verstand. Um den Verstand brachte mich auch der Alkohol, den ich in meinem billigen Hotelzimmer zu mir nahm, um vielleicht meine Bedürfnisse zuverdrängen oder mir Mut anzutrinken, um sie dann anzugehen und zu verwirklichen.

Wie wollte ich die Liebe einer sechszehnjährigen Rollschuhfahrerin gewinnen, die für alles andere ein Bewusstsein entwickelt hatte, aber nicht für ihre Schönheit. Wie sollte sie wissen, dass sie schön war?

Ich sitze in einem der Restaurants an der Uferpromenade, die abschüssig ist. Die Touristen drängen sich an den Tischen und essen ihre Touristenmenüs. Ich achte darauf, Produkte des Meeres zu essen, denn sie sind gesünder als die Fleischprodukte, die in den zentralen Mastanlagen gewonnen werden, und zugleich sind sie in einem sehr alten Sinne auch Symbol des Lebens. So ist das nun mal, auch hier in dieser Randwelt.

Eine Rollschuhfahrerin in einer Randwelt. Gut möglich, dass sie sich hier in Tossa, auf einem Randplaneten am Rande der Milchstraße als Mittelpunkt vorkommt - mit oder ohne Drogen.

Abschüssig ist es da, wo ich sitze und mein Essen zu mir nehme. Mit etwas Anstrengung nehmen die Rollschuhfahrer den Hügel, um ihn triumphierend hinunterzurasen. Es sind meist zwei oder drei. Beim Runterfahren macht meine Rollschuhfahrerin in ihren schwarzen Hotpants die Beine breit. Das macht sie sicher ohne jede Überlegung, dass dies eine sexuelle Botschaft sein könnte.

Für mich aber ist es eine sexuelle Botschaft, ganz unmissverständlich. Ich mache mir Gedanken, ob sie Geld für die Liebe nimmt, Geld, das ich nicht habe und über Gefühle, die ich mir somit nicht leisten kann. Die Unerreichbarkeit meiner Rollschuhfahrerin treibt mich in den totalen Suff.

3.

Ich ziehe an den billigen Vorstadtpornokinos von Tossa vorbei, die ich mir hätte leisten können. Mir widerstrebt es, in diese Absteigen der seelischen und sexuellen Verlassenheit hineinzugehen, obwohl ich das Geld dafür habe. Da saufe ich lieber. Diese Pornokinos können mir keine Illusion bieten. Sie wären nur eine verzerrte Reflexion meiner Isolation, und das brauche ich mir nicht anzutun. Da lege ich mich lieber an den überfüllten Strand, obwohl ich die heißen Strahlen der Sonne fürchte. Morgens hat man noch eine Chance, ein freies Plätzchen zu erobern. Ich bewege mich mit meinen Strandsachen durch die Gässchen des Badeortes, sehe die verführerischen jungen Frauen, braun gebrannt und in zu knapper Kleidung, wie sie mich mit ihrer Erscheinung und den schnippenden Fingern umgarnen.

11

Mein Berufsethos und mein knapper Geldbeutel lassen nur das Anschauen zu, und mir scheint, die kurze Zeit des Passierens lässt mir auch keine Zeit zu reagieren. Ich bin ein langsamer Mensch. Am Strand wäre mehr Zeit.

Nirgends kann ich meine Rollschuhfahrerin entdecken. Vielleicht geht sie zu dieser Zeit in die Schule. Wenn ich einen Platz gefunden habe, dauert es nicht lange, bis die benachbarten freien Stellen mit jungen Strandschönheiten belegt sind.

Hier wäre nun Zeit genug zu agieren oder zu reagieren. Aber die Damen lesen ihre Frauenzeitschriften, und ich konzentriere mich auf ein philosophisches Werk, das ich mir für den Urlaub aufgebürdet habe. So richtig Urlaub machen kann ich nie. Eigentlich sollte diese Reise an die Küste ein Katalysator für meine Arbeit sein, doch es war ein Schock, der Gegensatz zu viel. Hier fühle ich mich im Zentrum des Lebens, im Mittelpunkt des Universums, obwohl ich meine extreme Randlage nur ein wenig verändert habe. Wir sind hier noch immer am Rand der Welt.

Dies wird mir sehr deutlich, wenn ich hier in meinem Restaurant an der Uferpromenade sitze, die Nacht einbricht und der klare Himmel schwarz bleibt. Ach, könnte ich doch nur die Milchstraße sehen! Dort ist das wahre Leben, auch wenn ich mir nicht viel an Erkenntnisfähigkeit von solch einem Ort verspreche. Aber immer wenn ich die Milchstraße und die benachbarten Sterne betrachte, die diesem Zentrum einige zehn oder einige hundert Lichtjahre zugewandt sind, erwacht in mir die Sehnsucht, das wahre Leben kennenzulernen.

Dafür würde ich nur zu gerne auf Erkenntnis verzichten. Das wahre Leben spielt sich vermutlich im Zentrum der Galaxie in einem sehr großen Ameisenhaufen ab. Könnte eine Position zentraler sein? Ich denke allerdings selten an Ameisenhaufen, wenn ich die Milchstraße betrachte. Dies ist für mich ein zentraler Moment.

Ich sitze da, reagiere innerlich etwas nervös auf die allgemeine Betriebsamkeit, aber der Anblick meines Essens und Gedanken an die zurzeit unsichtbare Milchstraße halten dagegen. Ich picke nach einer Muschel, als die Rollschuhfahrerin vorbei rast. Ich wünsche mir, alle Erkenntnisfähigkeit ins Wasser werfen und mit ihr zu den unbekannten Zentralwelten aufbrechen zu können.

Vielleicht wünscht sie sich auch nichts anderes, als in die einzige Megapolis unseres Planeten zu ziehen. Dort leben viele Millionen Menschen, dort spricht man viele Sprachen. Sie wird nicht an die Milchstraße denken, wenn sie an mir vorbei rast. Sie wird auch nicht an mich denken. Ich weiß nicht einmal, ob die jungen Frauen an mich denken, die neben mir am Strand liegen, sich in der Sonne räkeln, sich mit den Körbchen ihres Oberteiles beschäftigen, wenn sie eins tragen, und ihre Frauenzeitschriften lesen.

Hier wäre eine Chance zu handeln, gäbe es nicht meinen philosophischen Ethos und meinen knappen Geldbeutel. Unbestreitbar, die Frauen haben es auf mein Geld abgesehen. Sie sind jung, schön, attraktiv. Was wollen sie von einem fast ältlichen Mann, der sich mit blasser Haut aus Furcht vor dem Leben in eins seiner philosophischen Werke vergräbt? Nicht dass ich in so einer Situation eine Zeile, die ich lese, verstehe oder behalte. Ich zeige mich lesend, das ist alles.

Für wen? Selbstverständlich für meine Strandschönheiten, mein Publikum. Riechen die denn nicht, dass ich kein Geld habe? Ich lese die Sätze mehrmals und verstehe sie nicht. Die Frauen lesen ihre Frauenzeitschriften, und ich nehme an, sie verstehen die Sätze, die sie lesen, aber sie interessieren sich vielleicht mehr dafür, was ich mache. Sie können nicht wissen, dass ich nichts mache, außer Sätze zu lesen, die ich hier nicht verstehe. Nun, manchmal begebe ich mich ins Wasser und schwimme eine halbe Stunde. Das ist gut für meinen Körper. Ich lese die Sätze, die ich nicht verstehe und schiele ab und zu auf die Brüste, die die Schönen mir sicher bereitwillig zeigen. Ich vermeide es aber, eine Erektion zu zeigen. Wenn ich schwimme, schaue ich mir die Szenerie am Strand an. Sie wirkt dann beschaulicher.

Vielleicht sollte ich wirklich mal in eins der Stripteaselokale gehen, die nicht so billig scheinen wie die Pornokinos. Vielleicht würde ich eine der Strandnixen als Tänzerin wiederentdecken.

Wenn ich schwimme, gewinne ich etwas Abstand, denke aber auch an die Menschen, die mich wirklich bewegen. Unter dem blauen Himmel denke ich selten an die Milchstraße, dafür aber an die Rollschuhfahrerin. An eine bestimmte Situation.

Ich lehnte mich an eine Wand, an eine Mauer, schaute aufs Meer hinab, und dann kam sie, etwas außer Atem, war nur wenige Meter von mir entfernt. Ich weiß nicht, ob sie mich beachtete.

Ich dachte in diesem Moment nicht an die ungelösten Probleme der Menschheit, die auf die Frage hinauslaufen: Macht das Leben auf einer Randwelt Sinn? Nein, ich dachte nur an sie und war gebannt. Aber was dachte ich? Im Grunde nichts, denn ich war nicht in der Lage, irgendwelche Gedanken zu formen. Regungslos wartete ich darauf, dass etwas geschehen würde, doch es geschah nichts. Ich nahm sie wahr - sie war alles für mich - und wartete.

Der einzige analytische Gedanke, der sich kurzzeitig in meinem philosophischen Kopf regte und festsetzte, war die Reflexion darüber, dass sie keine auffällige Fingerbewegung machte. Durch nichts deutete sie mir an, dass ich ihren jugendlichen Frauenkörper für Geld vorübergehend mieten könnte. Keine schnippenden Fingerbewegungen. Um so mehr war das Warten ein Warten um seiner selbst.

So scheint es mir im nachhinein. Ich würde immer wieder so reagieren. Das ist wohl meine Natur! Der Gedanke, dass ich hier auch keine kommerzielle Chance hatte, verflüchtigte sich schnell. Die abwartende Gedankenlosigkeit ließ alles andere verstummen, und so harrte ich aus, während meine Rollschuhfahrerin nach wenigen Minuten, nun ausgeruht, weiterfuhr.

14

Noch mit Gedankenleere versehen, schaute ich auf ihre braunen Beine und ihr schwarzes Höschen, das schnell kleiner wurde. "Sie hat für ihre Jugend ein beachtliches Hinterteil", dachte ich auf einmal.

Mein Name ist Teakbois, und immer wenn ich mich in den bevölkerten Teilen unseres Kontinents bewege, schallt mir von allen Seiten, aus allen Ecken dieser Name entgegen. Als ob alle mich kennen würden. Der Name Teakbois wurde mir von der philosophischen Innung verliehen. Mein Geburtsname lautet anders. Der Name Teakbois ist garantiert einzigartig auf diesem Planeten. Er dürfte also in keiner Weise geläufig sein. Mich wundert es deshalb immer wieder, von allen Seiten Teakbois zu hören. Aber so ist das nun mal.

Ich glaube, die Leute reden über mich, obwohl sie mich nicht kennen. Sie besprechen kleine Details meines Lebens. Wie Träume sind die Gespräche Echos meiner Gedanken. Es ist ein seltsames Phänomen. Man kann nicht Paranoia dazu sagen, dazu ist die Wirkung der vielen Stimmen zu diffus, zu unbestimmt. Es sind die Reflexionen meiner Einsamkeit, ja mehr ein matter Abglanz meiner Einsamkeit. Bruchstücke meiner selbst prallen auf mich zurück und sollten mich nicht verwirren, da nur wenig Neues dabei ist. Und das wenige Neue ist eher belustigend.

4.

Angekettet finde ich mich in diesem Krankenhausbett wieder. Ich habe das Personal angefleht, mir keine Drogen zu spritzen. Ich habe vergessen, seit wann ich mich hier befinde, und ich weiß nicht, ob man mir Drogen gespritzt hat. Es hat keinen Zweck, gegen die Verhältnisse anzuschreien. Sie werden sich wohl von selbst lösen. Unklar ist, wie ich meinen unfreiwilligen Aufenthalt bezahlen soll. Meine Einkünfte reichen bei Weitem nicht dafür aus. Was denken sich die Leute?

Ich kann den finanziellen Sinn dieser Aktion nicht ganz nachvollziehen. Mir sieht man doch an, dass ich kein Geld habe, und wer das nicht bemerkt, hat von Menschen keine Ahnung. Oder soll ich sagen: vom Geld keine Ahnung?
Was ist vorgefallen, dass man mich mit so ernsten Mitteln wie Fesseln behandelt? Bin ich eine Gefahr für die Öffentlichkeit? Ich vermute, es war einer dieser Ohnmachtsanfälle, die mich hin und wieder plagen und große Gedächtnislücken mit sich bringen. Man hat mir das gesagt.

Aber eine Bewusstlosigkeit ist doch kein Grund dafür, mich anzuketten. Ich weiß nicht, was vorgefallen ist. Ich bin doch kein Amokläufer. Oder doch? Vielleicht habe ich in geistiger Umnachtung jemanden umgebracht. Die Rollschuhfahrerin? Warum sollte ich so etwas tun?

Vielleicht habe ich ohne Bewusstsein eine Vergewaltigung begangen oder versucht. Die Rollschuhfahrerin? Ich habe mein Innerstes versucht zu befragen, ob dies möglich sei. Ich, die geschundene Seele, der Einsame, der Neidische und Sehnsüchtige, dem die Liebe verschlossen blieb. Die käufliche Liebe und die romantische Liebe, die es ja in Märchen gibt und nach der ich mich besonders sehne.

Sollte ich den flüchtigen Zielen meiner zu kurz gekommenen Zärtlichkeit Gewalt antun können? Soviel Frust in meinem Leben auch sein mag, dies könnte ich gewiss nicht tun. Mir wäre es eher zuzutrauen zu stehlen. Aber als Dieb landet man im Allgemeinen nicht im psychiatrischen Teil einer Klinik.

16

Der Gedanke, wenn auch unvorstellbar, bleibt: Ich habe meiner kleinen Rollschuhfahrerin Gewalt angetan, sie gewaltsam geliebt, oder schlimmer, sie getötet. Der Ausdruck gewaltsam geliebt wäre zutreffend, denn ich liebe sie wirklich. Bin ich ein ängstlicher oder ein von Phantasie geplagter Mensch? Vielleicht beides. Ich müsste die Nachtschwester einmal fragen. Über dem Kopfteil des Bettes befindet sich eine Klingel, die man gefesselt aber nicht drücken kann.

Es ist etwas Licht im Zimmer, und in einem Wandspiegel kann ich sowohl mich als auch die Klingel sehen. Aber ich bin unbeweglich, mir kommt der Gedanke, nun doch zu schreien. Also schreie ich und die Nachtschwester kommt prompt. Sie ist hübsch anzusehen. Sie könnte gut als Prostituierte arbeiten. Sie ist nicht allzu groß, doch ihr Busen dominiert auffällig ihr Erscheinungsbild. Ihr kurzes Krankenschwesterröckchen verbirgt wohl ein wundervolles Hinterteil, eins der vielen Paradiese auf diesem Planeten und einen Teil der schönen, braunen Beine.

Glücklicherweise beabsichtigt sie nicht, mir eine Spritze zu setzen. Statt dessen fragt sie behutsam, was denn mit mir los sei. Ich möchte sie anbeten, weiß aber nicht wie. Ich höre auf zu schreien, gehe das Risiko ein, dass sie gleich wieder verschwindet. Könnte ich doch simulieren und am ganzen Körper zittern, sodass sie eine Hand nähme, um mir Ruhe zu spenden. Sie würde es vielleicht tun, ohne Geld dafür zu nehmen. Sie ist vielleicht so!

Es wäre schön, die Liebe zu erleben, auch in dieser unwürdigen Situation. Ich käme mir nicht als Masochist vor, und ich glaube nicht, dass sie auf diesen Gedanken verfallen und mit meiner Gefangenheit spielen würde. Sollte ich ihr Geld versprechen für den Fall, dass sie mich liebt? Sie würde mir ansehen, dass ich lüge, dass ich nichts versprechen kann.

Ich bin so vergesslich! Warum wollte ich sie hier haben? Ach ja, es galt zu besprechen, ob ich der Mörder, der Vergewaltiger sei. Sie fragt nochmals, was mit mir los ist. Ich entschließe mich

17

zur halben Wahrheit und frage sie meinerseits, was ich getan hätte, bevor ich hier angekettet worden sei.

"Das weiß ich nicht" sagt sie.

"Ich weiß es auch nicht", bekräftige ich. "Ich kann mich an nichts erinnern." Und füge hinzu: "Vielleicht habe ich jemanden umgebracht oder eine Frau vergewaltigt. Eine, die ich liebe und bewundere, eine, die so schön ist wie sie."

Ich erzähle von meinem Schwarm, erwähne aber nicht die Rollschuhe, die sie und mich verraten würden.

"Ich sehne mich so nach Liebe. Wie könnte ich so etwas tun? Aber ich bin mir nicht sicher!"

"Nein, so was machst du nicht!" antwortet sie mit Bestimmtheit.

"Ich habe sie so gern, aber ich könnte sie bestimmt nicht bezahlen. Sie ist so jung und schön. Und das Größte, sie ist bestimmt nett. Ich würde sie gerne kennenlernen, böte sich eine Gelegenheit"

"Ich bin vielleicht auch nett. Wie nett, könnte man vielleicht noch feststellen." sagt mein Gegenüber.

Ich gestehe meiner Nachtschwester, dass auch sie für mich attraktiv sei, ja nicht nur für mich, sondern für alle normal empfindenden Männer. Sie bedankt sich für meine ehrliche Meinung, für eins dieser ungeschönten Komplimente, die in den richtigen Situationen Wunder bewirken können.

Ich befinde mich in einer lächerlichen, absurden Situation, soweit dies überhaupt vom Normalen dieses Planeten abzuheben ist, da sich der gesamte Planet in einer absurden Situation beziehungsweise Position befindet. Ein Planet, bei dem fast ein Drittel der Bevölkerung unter keinem Sternzeichen geboren ist und man sich ein Adoptivzeichen kaufen muss, um gesellschaftlich mithalten zu können.

18

Irgendeinen trifft es immer, und wir haben nun mal diese totale Randlage, die nicht so absurd wäre, würde sich unser Kollektiv nicht so wichtig nehmen.

Die Krankenschwester nimmt sich nicht so wichtig und küsst mich. Es passiert wirklich!

"Du bist so schön, du könntest als Prostituierte arbeiten" stammele ich fast atemlos.

Das mache sie auch hin und wieder, aber auf Dauer wäre der Job nichts für sie.

"Ich würde deine Liebe kaufen, dich mit Geld überschütten, wenn ich nur welches hätte!"

Das Unglaubliche geschieht. Sie greift unter ihren Rock und holt ihr Höschen hervor. Dann zieht sie mir meine Schlafanzughose aus. Sie scheint zielstrebig. Ich sage nichts, ich kann nichts sagen, eigentlich bete ich fast und bin stumm.

Ohne sich weiter zu entkleiden, setzt sie sich auf mich. Sie schließt die Augen, und ich kann sie ungestört beobachten, aber ich fühle mehr, als dass ich sehe. Mein Glied ist schnell erigiert, ohne dass sie ihre Hand anlegen muss, ohne irgendeinen tänzerischen Firlefanz, der mir ein paar Blicke auf ihren Deliahügel oder ihren Hintern gewähren würde.

Nein, dies ist alles nicht nötig. Mit ihrem Kuss steigert sich meine Erregung sofort in eine Erektion. Es ist doch schön zu bemerken, wie das Blut den Penis aufbläht. Man könnte denken, es sei nicht das eigene Blut, sondern eine Spende oder Injektion, eine fremde Quelle oder eine fremde Energie, die zur Wirkung kommt.

Es sind jedoch die eigenen Energien, die erregen, allerdings vielleicht nicht ganz, denn als die Krankenschwester mein Teil in ihr Teil führt und anfängt sich zu bewegen, ist es nicht mehr so einfach zu sagen, woher die Energien stammen. Diese Erregungen (oder ist es nur eine einzige, lang gezogene Erregung, die mich beherrscht) sind etwas, was ich lange nicht gekannt habe.

Es sind Jahrzehnte vergangen - ein beträchtlicher Anteil meines Lebens -, die mir solche Erregung nicht mehr gebracht haben. Und ich wünsche mir, dass man habe mir eine Spritze gesetzt hat, die meinen Erguss hinauszögert. Auch ich schließe die Augen. Die Erregung entlädt sich, wie alles irgendwann passiert.

Die Schwester gibt mir noch einen Kuss, steigt von mir, nimmt ihren Slip, und ohne ihn anzuziehen, verschwindet sie aus dem Krankenzimmer. Sie hat sich nicht verabschiedet, wertet man ihren Kuss nicht als Abschied. Ich bin wieder allein. Die Krankenschwester hat mich nicht von meinen Ketten befreit.

Mein Rausch legt sich. Ich weiß, sehe ich sie nicht wieder, so werde ich mich in wenigen Tagen in der gleichen Situation befinden, in der ich mich befand, angekettet oder wieder frei. Qualitativ die alte Situation. Nur eine verblassende Erinnerung würde mich hin und wieder in die Illusion eintauchen, etwas habe sich verändert. Doch die Illusionen würden immer mehr verblassen.

Sicher, ich würde nachts am Strand liegen, wach geworden, und meine Hand würde in meine Hose greifen. Ich würde ein paar Erinnerungen nötigen, vielleicht mit dem Gefühl, dies könne an meiner Situation etwas ändern und die verschwundene Krankenschwester zu meiner Gefährtin machen.

Ich kenne nicht den Grund ihres Handelns, ihre Absicht, sollte unser Treffen einmalig sein. Wir haben kaum miteinander geredet. Morgen früh wird mir sicher eine andere Schwester die erste Mahlzeit bringen.

Leider kann ich meine Hände nicht bewegen, um ein Echo des Orgasmus zu erzeugen. Mein Geist ist dazu zu schwach.

Ich denke wieder an meine Rollschuhfahrerin - mit der Gewissheit, sie nicht vergewaltigt zu haben. Wenn dieser heutige Tag auch mein Leben nicht verändern wird, eines hat er mich gelehrt: Es gibt auch für mich Wunder, und Wunder müssen nicht unbedingt vereinzelt auftreten. Vielleicht ergibt sich noch eine wundersame Begegnung mit meiner Rollschuhfahrerin.

5.

Die Sonne blinzelt mir ins Auge. Ein neuer Tag. Ich fühle mich gut und frisch, und die Erinnerung holt mich ein. Es ist eine angenehme, wenn auch sehr fragwürdige Erinnerung. Ich warte gespannt darauf, wer mir das Frühstück servieren wird. Ich bin sicher, dass sie es nicht sein wird. Nein, gewiss nicht. Obwohl es eigentlich rationalen Grund dafür gibt, dass nicht diese Krankenschwester mir das Frühstück serviert, und auch keinen, dass sich das Liebesspiel des gestrigen Abends nicht wiederholt ...

Das Frühstück wird von einem mir unbekannten Pfleger gebracht. Es ist nicht seine Hautfarbe, seine Herkunft, die ihn mir weniger attraktiv erscheinen lässt, es ist einfach sein Geschlecht. Dennoch, er sieht nett aus, und seiner Ausstrahlung nach scheint er ein freundlicher Mensch zu sein.

Ich erkundige mich nach der Nachtschwester, versuche sie zu beschreiben, und er meint daraufhin, dass es Schwester Martha sein gewesen könnte. Mein absurdes Schicksal in Folge hat sie heute ihren vierwöchigen Erholungsurlaub antreten lassen. Martha heißt sie, und der Pfleger weiß zu berichten, dass sie mit ei-

21

ner Freundin in die Schneeberge gefahren sei. Wie kann man von hier aus ins Kalte wollen?

Jedenfalls sehe und liebe ich Martha so schnell nicht wieder. Wenn meine neuen erotischen Erlebnisse hinter einem Horizont warten, so ist es sicher, dass sie ziemlich weit weg sind. Mindestens zehn Jahre weit weg. Ich werde dann in einem Alter sein, von dem ich nicht weiß, ob es überhaupt noch sexuelle Interessen beinhaltet. Wenn ich dann eine Rollschuhfahrerin sehe, werde ich mich vielleicht schwach an eine andere Rollschuhfahrerin erinnern.

Es ist wirklich absurd. Dieser Planet liegt in einer absurden Randlage. Die Absurdität gipfelt natürlich in dem Bewusstsein, wie sich dieses Völkchen hier eigentlich betrachtet. Nun, sie ficken wohl alle viel häufiger als ich und nehmen sich dementsprechend wichtiger. Wie absurd! Aber könnte es nicht sein, dass auch ich mich wichtiger nehmen würde? Jedenfalls sprengte der Vorfall heute Nacht alle Erwartungen, katapultierte mich in neue Dimensionen, in eine neue Welt, die aber quasi nur noch einen Traumstatus besitzt.

Das Frühstück ist real, und man kann es essen. Hier an der Küste ist man in Bezug auf Kaffee etwas liberaler, und man serviert einen Kaffee, der wirklich wach macht. Aber was nützt das schon? Das zaubert weder meine Rollschuhfahrerin noch Martha herbei.

Das Universum scheint gnadenlos zu sein. Es setzt mich als Außenseiter aus, zeigt dem Außenseiter in Form von liebenswürdigen Krankenschwestern, dass es auch anders kann, lässt diese in Schnee befallen Berge abrücken und liefert dann den passenden Kaffee, der dem hoffenden und dann enttäuschten Bewusstsein die nötige Klarheit und Bewusstseinsschärfe bringt, um den Grad der Absurdität quantifizieren zu können.

Wir Intellektuellen sind von der hier vorherrschenden Absurdität gefangen, womit ich aber nicht sagen will, dass es auf hypothetisch anderen Planeten weniger absurd zugehen müsse. Nein, im Grunde ist jeder Planet unabhängig, ein eigenes Universum, und die mehr oder weniger vorhandenen Sterne stellen nur den ökologischen Teil der Nachtbeleuchtung dar. Sie stillen gewisse romantische Bedürfnisse.

Bei uns sind nicht alle Jahreszeiten romantisch, und unsere Astrologen haben es vielleicht etwas schwerer als anderswo. Nicht dass Astrologie etwas mit Romantik zu tun hätte. Ohne Zweifel, eine klare Sternennacht erzeugt bei mir Emotionen und auch den Mut, über den Rand dieser Welt hinauszuschauen.

Denen, die in der astrologischen Wissenschaft an vorderster Front arbeiten, müssen diese Sterne das Gefühl vermitteln, die Welt, die Leute und den Gang der Dinge bestimmen zu können. Und da sie wohl meinen, dass die Sterne die Ursache ihrer Einsichten seien, versuchen sie, sie und deren Konstellationen als Schicksalsspender zu missbrauchen.

Ich glaube nicht an Astrologie, könnte mir aber vorstellen, dass es in unserer Galaxie ein weitverbreiteter Unsinn ist. Hierzulande muss man ja sogar ein Zeichen kaufen, wenn man unter keinem geboren wurde. Nein, alle Planeten sind Universen für sich und die Sterne nur schwache Beleuchtung ihrer Randerscheinung. Es spielt doch wirklich keine Rolle, ob sie Hunderte Lichtjahre oder nur Hunderte von Kilometern von uns entfernt sind. So oder so sind sie unerreichbar!

Unser Planet ist unser Universum, und wer würde sich schon zutrauen, ein Tausendstel aller seiner Winkel kennenzulernen? Keiner kennt seine eigene Stadt. Man kennt weder die Straßenzüge, in die man ganz selten kommt, noch die tausend Wohnungen, die man nie betreten wird. Jeder Stadtbewohner hat nur die Illusion, seine Stadt zu kennen und bildet sich gar jemand ein, er kenne seinen Planeten ganz, so bezeichne ich ihn als kompletten Spinner. Aber vermutlich fickt dieser regelmäßig und kommt sich dabei großartig vor.
Die Absurdität steckt überall, egal wie und was man betrachtet, und obwohl es eigentlich nicht absurd ist, auf einem Planeten am Rande der Galaxis zu leben, unterstreicht diese Randlage die

absurde Grundsituation. Für mich wird der ganze Käse noch eine Spur blöder. Insgeheim befürchte ich, dass es überall absurd ist. Mehr als ein Hauch von Absurditätsbewusstsein hat uns Intellektuelle befallen.

Die Naturwissenschaftler, die Physiker, entwickeln absurde Weltbilder, in denen es von Singularitäten, Inflationen, Löchern und Dimensionen nur so wimmelt. Man kann sich fast nichts mehr vorstellen, und die Physiker können mir nicht erzählen, sie könnten sich etwas vorstellen. Erst vor wenigen Tagen, habe ich gelesen, unser Universum wäre ein magnetischer Monopol. Dieser läge vereinzelt in einem Universum, das wiederum ein Monopol wäre und so fort. Die Existenz von magnetischen Monopolen ist immer noch äußerst umstritten.

Ich frage mich, warum unser Universum nicht der Schneidezahn eines Eichhörnchens ist oder ein Neutrino, das in einem übergeordneten Universum mit so gut wie gar nichts wechselwirkt und eins von Müarden anderer Neutrinos ist?

Diese Realität hatte einen anderen absurden Charakter. Aber das mit dem magnetischen Monopol verstand ich wirklich nicht und auch nicht, wie man das mit der kosmischen Inflation verband, die gewirkt haben soll, als unser Universum entstand.

Unsere heutigen Physiker geben Erklärungen, wie es sein könnte, aus einer Palette möglicher Erklärungen. Die neuen Theorien fallen ziemlich absurd aus und das seit hundert Jahren. Aus dem Pool der möglichen Theorien sucht man sich konsequent die absurdeste aus. Man passt sich der Absurdität des Alltagslebens an. Das Erstaunlichste ist, dass keines dieser absurden Modelle sich mit irgendwelchen Messungen widerspricht.

Als Laie mit philosophischem Durchblick ergreift mich manchmal ein höllischer Schauer, das Universum könnte durch und durch in seinen Grundzügen absurd sein. Ich habe mich damit abgefunden, dass meine Existenz absurd ist, und habe ein klares Bild, dass das Leben der anderen, der klischeehaft anderen, ebenso absurd ist.

Aber ist ein Sonnenaufgang absurd? Vielleicht weil er dieses absurde Kammerspiel einleitet? Hätte man sich eine schönere Einleitung ausdenken können?

So ein Kaffee bewirkt mentale Wunder. Gerade dem dumpfen Schlaf entronnen, dann das Auftauchen von Erinnerungen, und der Kaffee lädt einen mit einer Klarheit, die einen in die Absurdität der Welt tauchen lässt ...

Ist es nicht absurd, dass die Liebesgöttin, die Liebesspenderin der Nacht, in Urlaub ist? Nein, nein, absurd eigentlich nicht, aber ein wenig komisch und ein wenig tragisch. Ich frage meinen Pfleger, wie lange man gedenkt, mich noch festzuhalten. Es ist für mich noch immer nicht vorstellbar, dass eine vielleicht durch Alkohol verursachte Umnachtung mich zum Zwangspatienten einer psychiatrischen Station gemacht hat.

Ich gehe davon aus, dass ich weder die Rollschuhfahrerin noch eine andere Person umgebracht habe, dass ich kein Amokläufer bin und auch kein besonders hartnäckiger Exhibitionist. Nichts dergleichen! Jedenfalls suggeriert mir der Kaffee dies. Ich trinke selten solch einen Kaffee und es wäre vielleicht möglich, dass die Bewusstseinsschärfe, die er mir bietet, dieses Wachsein, diese Vernunft mir vorgaukelt, ein mit solchen Gaben ausgestattetes Wesen könne niemals solche Untaten begehen. Man neigt doch dazu, den momentanen Zustand auf Vergangenheit und Zukunft hin auszulagern. Ein wenig wenigstens. So schafft der klarste Bewusstseinszustand Illusionen.

Der Pfleger äußert sich bereitwillig zu meiner Frage. Ich würde in den kommenden Tagen entlassen. Es läge ein Irrtum vor, eine Verwechslung.

Ich will protestieren, verschreibe mir aber Ruhe. In solchen Situationen ist Vorsicht angesagt. Ich will mich jetzt nicht darüber aufregen, dass ein Irrtum vorliegt, beweist dieser doch meine Unschuld.

Dieser unangenehme, selbstzweiflerische Aufenthalt bescherte mir eine Göttin. Die Welt ist voll von Göttinnen. Für mich gibt es an sich drei Geschlechter, das heißt, nach sexuellen Kriterien ist unsere Spezies in drei Sorten Wesen aufgeteilt.

In Männer, zu denen mich sexuell so gut wie gar nichts hinzieht, die unattraktiven Frauen, zu denen mich sexuell auch nichts zieht - sie machen einem das Leben komplizierter -, und die attraktiven Frauen, die ich im Überschwang der Gefühle auch schon mal als Göttinnen bezeichne. In meiner Welt haben höhere Wesen wie Götter und Göttinnen keinen Platz. Nur bei diesen unerreichbaren Wesen neige ich dazu, religiös zu werden, meine Skepsis, meine Kritik aufzugeben und zu glauben. Man muss schon ein wenig an sie glauben.

Neben diesen drei Geschlechtern gibt es natürlich die Zwischenformen; die einen schockieren mich total, die zweite Gruppe ist besonders groß, macht das Leben lebensnah und stellt im eigentlichen Sinne, im zweigeschlechtlichen, die Menge der normalen Frauen dar.

Die schönen Hermaphroditen könnten mich vielleicht verwirren, auch schockieren, aber sie sind selten. Die Göttinnen machen mir das Leben übrigens auch nicht einfacher. Ist es ein Wunder, dass solche Ansichten mein einsames Leben begleiten, vielleicht mit eine Ursache dafür sind, dass ich einsam bin?

Ich zähle sie nicht zu meinen philosophischen Einsichten, Ansicht ist nicht Einsicht, nicht zu meiner philosophischen Arbeit, obwohl diese den Sex schon öfter zum Thema gehabt hat. Sicher, auch diese private Einteilung meines sexuellen Universums lebt von Kategorien, wird vielleicht von meinem philosophischen Denken beeinflusst, ist aber auf die privateste Weise subjektiv. Und wenn auch der Subjektivismus immer stärker in die Bereiche der Philosophie eindringt, so kann doch meine Betrachtung die Standards, die mit wissenschaftlicher Philosophie verbunden sind, in gar keiner Weise erfüllen.

Wollte ich das je? Philosophie als Lebenshilfe ist gut beraten, solche Ansichten nicht zu inkorporieren. Meine Geschlechter sind aus der Verzweiflung geboren und ich kann nicht ausschließen, dass sie mich anketten. Selbst in dieser profitorientierten Welt der Erfolgreichen kann der Sex für sich sprechen.

Auch arme, erfolglose Philosophen können Freundinnen haben, obwohl nicht auszuschließen ist, dass diese mit ihrem Geschlecht ein Zubrot verdienen müssten. Manchmal sage ich mir allerdings, dass das alles nur ein schöner Traum ist, wenn auch der bittere Beigeschmack der Prostitution zu ihm gehört. Vielleicht kommen in dieser Welt nur die erfolgreichen Männer, die Geldsäcke, zum Sex.

Diese These könnte man mit einer wissenschaftlichen Arbeit zu untermauern versuchen, aber niemand interessiert sich für so eine Arbeit. Vielleicht höchstens die Krämer, die die Wege zum Erfolg vermakeln wollen, um ihrer ausgehungerten Kundschaft den Erfolg noch schmackhafter zu machen, und vielleicht wenige erfolgreiche Kreaturen, die sich mit solchen Ergebnissen noch glänzender fühlen können.

Aber bedarf es dazu der Wissenschaft? Ein gut verbreitetes Vorurteil genügt doch auch! So findet sich sicher kein Auftraggeber für solch eine Arbeit. Würde das Ergebnis das Vorurteil bestätigen, würde die exakte Wissenschaft mich vollends vernichten? Es bestünde gar kein Sinn mehr darin, an Göttinnen zu glauben und sie insgeheim zu verehren.

Der Pfleger hatte gesagt, dass Martha mit einer Freundin ins Schneegebirge aufgebrochen sei. Neben ihrer körperlichen Unerreichbarkeit war sie zusätzlich durch sehr viel Raum oder entsprechende Zeit von mir getrennt. Die Göttin hatte sich zu mir herabgelassen, und es fiel ihr nicht ein, dies zu wiederholen.

Meine Göttinnen sind im physikalischen Sinne nicht allmächtig, in ihrem Einfluss auf mich können sie aber so wirken. Meiner Göttin Martha schien es nicht wichtig, sich zu mir herab zu lassen. Irgendwie bin ich doch krank! Martha hatte mich doch wirklich nicht herablassend behandelt, auch wenn unsere Liebesposition - ich angekettet und sie mich reitend - einer realen Domina würdig gewesen wäre. Sie verhielt sich nicht wie eine Domina, wenn auch die Situation etwas Sadomasochistisches hatte.

An die Existenz von Göttinnen zu glauben, ist in einem theoretischen Sinne der Masochismus an sich, die Welt des passiven, erduldenden Sterblichen, der Objekt der himmlischen Hingabe werden kann, sein Schicksal ertragend. Aber ist es nicht diese harte Welt, die uns gewöhnlichen Existenzen aufzwingt zu ertragen?

Es gibt natürlich auch noch die blasphemische Variante des Göttinenglaubens, bei der sich selbst die Sadisten austoben könnten. Martha erwies sich als netter, unkomplizierter Mensch, wenn ihr nächtliches Geschenk auch als wahres Himmelsgeschenk bezeichnet werden kann. Es ist ja auch absurd, dass die Göttinnen sich hierzulande prostituieren müssen. Ich würde in wenigen Tagen aus meiner Zwangslage befreit sein, und mir wäre freigestellt, ihr in die Schneeberge zu folgen.

Es ist nicht damit zu rechnen, dass der Irrtum sofort zu den notwendigen Konsequenzen führt. Ich richte mich darauf ein, noch ein paar Tage in diesem Krankenzimmer zu liegen, hoffe allerdings, dass man die Medikation bald absetzen wird. Die Medikamente sind wirklich grausam, aber sie hindern nicht den Schlaf und das Dösen. Die Träume im Krankenhaus sind im Allgemeinen weit weniger angenehm als die, die ich in meinem Alltagsleben habe.

6.

Ich träumte von einer dunkelhaarigen Frau mit recht kurzem Haar. Sie kniete auf einem fliederfarbenen Bett und schaute mich an. Sie lächelte, aber ihr Gesicht war eher eine Fratze. Es war vulgär, ein wenig hässlich, hatte aber dennoch eine lüsterne und beachtlich erotische Ausstrahlung. Die Frau hatte äußerst schwere Brüste, die zum Bett hinunter hingen. Sie machten den Eindruck, dass sie fest wären. Keine überdimensionalen Hänge- titten.

Die Frau hatte eine perfekte Haut mit dem zurzeit modernen Farbton und streckte mir fast ihren wunderbaren Arsch entge- gen. Ich stand etwas seitlich. Die Beine waren genauso traum- haft wie ihre Brüste, wie ihr Hintern. Die ganze Figur war phan- tastisch.

Ich guckte auf ihre Pussy, die ich aus meiner Perspektive erken- nen konnte, blieb bewegungslos und begann zu verstehen, wie- so dieses unschöne Gesicht soviel erotisches Selbstbewusstsein, soviel Selbstsicherheit ausstrahlen konnte. Die aufreizende Frauengestalt trug nur weiße Pumps und schwarze Nylon- strümpfe mit weißen Strapsen. Es war schön, dass die Frau ihre hochhackigen Pumps auf dem Bett angelassen hatte.

Sie guckte mich auffordernd an. Ich bemerkte, dass ich bis auf eine knapp geschnittene Unterhose nackt war und mein Penis stark erigiert. Die Frau forderte mich auf, den Slip auszuziehen. Ich folgte ihr. Ich war erstaunt über die Größe meines Schwan- zes. Während aus ihrer Pussy Honig floss und Tröpfchen von Samenflüssigkeit sich an die Spitze meines Schwanzes dräng- ten, drehte sie sich etwas, sodass ich nun voll auf ihre Pussy, aus der weiterhin Honig floss, blicken konnte.

Sie schaute mich immer noch an. Jemand sprach mit meinem Mund und forderte sie auf, ihr Gesicht abzuwenden. Sie ge- horchte und forderte mich ihrerseits auf, sie anständig zu ficken. Eine unbekannte Kraft bewegte mich zu ihr hin. Mein Schwanz wuchs über sich hinaus und fand zu ihr, die nun einen vollkom- men ästhetischen Anblick bot. Ich küsste zärtlich ihren Nacken, fasste ihre Taille, ließ meine Zunge über ihren Rücken gleiten, küsste anbetend ihre beiden Arschbacken und leckte an ihrer Pussy und dem süßen Honig.

Sie forderte mich noch dringender auf, sie zu ficken. Ich bestrafte ihre Ungeduld mit Schlägen - die Arschbacken waren wie geschaffen dafür. Ich nahm abwechselnd den Stock und die Hand. Es war geil, die Hand auf die Arschbacken klatschen zu lassen. Eine innere Stimme ermahnte mich, das Wesentliche nicht zu vergessen. Ich hätte sie stundenlang schlagen können. Die Schläge waren nicht fest oder kräftig, nur ein wenig bestimmt und führten zu keinem Schmerz.

Sie machte sich darüber lustig, dass ich sofort kommen würde, wenn ich in sie eindränge. Das steigerte meine Lust, sie weiter zu bestrafen, doch mir kam der Gedanke, dass dies womöglich keinen Sinn hätte. Mein Schwanz begann zu schrumpfen. Ich hörte auf zu schlagen und war der Verzweiflung nahe. Wo war der Sinn?

Der Arsch hatte mir getrotzt. Ich bat sie, mit ihrer Hand zu helfen, sie bat mich wieder, ihren Arsch zu schlagen und bewegte ihn verführerisch. Ich gestand mir noch ein paar abgezählte Schläge zu, ohne dabei erneut eine Sinnfrage zu stellen. Dann fickte ich sie. Es war die Erfüllung. Daneben erschienen die Lösungen ungelöster Fragen, die Lösungen philosophischer Fragestellungen. Die Antworten des Lebens wurden gegeben, und das eigentliche Gefühl des Fickens spielte sich nur im Hintergrund ab.

Verwirrt wachte ich morgens nach diesem wilden Traum auf. Auf dem Nachttisch befand sich etwas in Geschenkpapier. Ich packte es aus. Es war eine angebrochene Großpackung Kondome. Der Traum wurde Nebensache, und ich fragte mich, von wem sie stammen mochten.
In unserer Kultur sind verschenkte Kondome ein Zeichen dafür, dass jemand einen neuen, festen Partner hat. Ohne ein Wort der Erklärung bekommt der alte Partner die letzte angebrochene Packung Kondome, die der Spender nicht mehr braucht. Es ist eine Geste des Gönnens, verbunden mit ein wenig Spott. Wäre ich der wirkliche Adressat der Kondome gewesen, wäre viel

Spott dabei gewesen. Mit wem sollte ich schon Kondome benutzen?

Zuerst hatte ich gehofft, die Packung Kondome wäre ein Zeichen von irgendeiner Frau, die auf sich aufmerksam machen und mir sagen wollte, ich solle mit ihr schlafen. Dann fiel mir erst der alte Brauch unserer Kultur ein. Kein Wunder, denn ich stehe so abseits von allem.

Weder die verreiste Krankenschwester noch meine Rollschuhfahrerin hatte mir die Kondome zukommen lassen. Letztere hat ja gar keine Ahnung, in welcher elenden Lage ich mich befinde. Und der Pfleger war's bestimmt auch nicht. Eine unbekannte Verehrerin? Nein, es ist dieser Brauch, der mich nicht treffen kann, denn ich hatte noch nie eine feste Partnerschaft. Ich war immer allein!

Bei kurzen Affären findet der Brauch keine Anwendung. Wieder eine Verwechslung! Nicht nur, dass ich vielleicht mit einem Amokläufer verwechselt wurde, nein, ich bin auch das Ziel des Kondombrauchs. Als ob ich nicht schon genug verarscht worden wäre. Besteht die Bevölkerung dieses Planeten mit wenigen Ausnahmen nur aus Arschlöchern? Ich habe mich öfter gefragt, was wäre, wenn unsere Spezies dieses Loch nicht hätte und die Exkremente ausgekotzt würden.
Das wäre schon eine Veränderung! Dann würden die Ansprüche bezüglich Mundgeruch dramatisch sinken, und ein besonderer biologischer Mechanismus müsste in Kraft treten, der uns vor dem ekeligen Geschmack der Scheiße schützt. Zum Zeitpunkt des Übergebens müssten die Geschmacksnerven total blockiert sein, schließlich müsste der Mundraum ein Sekret ausschütten, das spülend wirkt, mit angenehmen Geschmacksstoffen. Man dürfte erst essen, nachdem man gekotzt hätte ...

Als zivilisierter Mensch würde man sich anschließend noch die Zähne putzen. Ich weiß allerdings nicht, ob ich das tun würde! Ich bekomme immer Schwierigkeiten. Vorstellbar wäre das alles. Und nun die Preisfrage. Durch welchen Begriff würde der des Arschlochs ersetzt? Vielleicht durch Großmaul oder Viel-kotzer?

Solche Fragen werfe ich normalerweise im Suff auf. Und falls ich mal nicht allein sein sollte, amüsiere ich mich köstlich. Es kommt aber selten vor.

Ich habe keine Veranlassung, mich weiter mit dieser Verwechslung aufzuhalten. Die Dinger gelten nicht mir. Interessanter wäre es schon, den erotischen Traum zu deuten. Wann träume ich schon erotisch? Nur, und dies ist üblich, die Erinnerungen an diesen Traum sind schon verblasst. Eine Frau mit primitiv vulgärem Gesicht, perfektem Hinterteil und idealer Figur bietet sich mir an, und während ich sie ficke, fallen mir die Antworten auf einige Rätsel dieser Welt ein.

Was für Rätsel, was für Antworten? Ich kann es nicht mehr sagen. Sollte ich nun hingehen, die Grundprobleme der Philosophie auflisten und dann angestrengt nachfragen, ob sie Teil dieses Traums gewesen seien? Würde ich mich an die erträumten Antworten erinnern? Dies erscheint mir jetzt zu mühsam und wenig erfolgversprechend. Mich interessieren an diesem Morgen nicht die wichtigsten ungelösten Probleme der Philosophie.

Ich bin sicher, mein Traum könnte sie nicht lösen, sondern er lieferte mir schöne Illusionen, die meinen klaren Verstand, falls man solch einen bei einem Traum überhaupt erwarten darf, wie ein Opiumnebel es macht, abschalteten. Es ist schön, sich solchen Illusionen hinzugeben. Vielleicht würde eine Erinnerung an die Traumlösungen ein paar verdeckte Tipps für wahre Entwürfe geben, so ähnlich soll doch auch die Evolutionstheorie von Mercedes Perth entstanden sein.

Mich interessiert mehr diese Frau, Auslöser dieses philosophischen Schlaraffenlandes. Sie kam mir überhaupt nicht bekannt vor, weder eine Verflossene noch die Krankenschwester oder die Rollschuhfahrerin erinnerten mich an sie. Der Traum wäre ja zu kitschig gewesen, wäre das Gesicht dieser Traumfrau schön gewesen. Und im Übrigen habe ich keinerlei Beziehung zu Honig. Weder mag ich ihn sonderlich, noch finde ich ihn ekelhaft.

Eins aber ist klar: der Traum zeigte mir, dass ich dringend wieder Sex haben wollte, wenn selbst eine Fastfratze mich nicht abschreckte. Gut, gut, ansonsten war diese Frau sehr schön. Der Traum machte mir den Fick sogar mit unsauberen Tricks schmackhaft. Er versprach mir dadurch philosophische Erkenntnis. Ich glaube nicht daran, dass Ficken zu größeren Erkenntnissen führt. Ich erwähnte die Randlage. Aber ich bekomme Lust, mich mehr der Rollschuhfahrerin oder den Urlauberinnen zu widmen.

7.

Es dauerte drei weitere Tage, bis ich entlassen wurde. Ich bin nicht der gesuchte Amokläufer, sondern nur ein harmloser Alki, der ab und zu etwas zu viel trinkt und philosophische Erkenntnisse hat, die er nicht verkaufen kann, der einsam ist, weil er kein Geld hat, der gerne ein wenig Sex hätte. Und ich denke an zwei Frauen, und ich habe mich bisher nicht entschieden. Beide? Dieser Gedanke ist für mich fast blasphemisch. Nein, entweder oder!

Leider bekomme ich von dem Krankenhaus keine finanzielle Wiedergutmachung für die Tage der Gefangenschaft. Ich habe nicht gefragt, wer für meine Inhaftierung verantwortlich sei. Ich werde also keinen zur Rechenschaft ziehen können.

Mir kommt der Gedanke, dass ich mir für das Geld eine billige Kamera gekauft hätte, mit ihr zur Strandpromenade gegangen wäre, mich in eins der Straßenrestaurants gesetzt und darauf gewartet hätte, dass meine Rollschuhfahrerin mit ihren Freunden und Freundinnen vorbei gerast käme. Ich hätte dann versucht, sie zu stoppen, und zu fragen, ob ich ein paar Aufnahmen von ihr machen dürfte. Sicher hätte sie Geld dafür verlangt, aber vielleicht nicht viel.

Ich hätte sie gebeten, sich auf das kleine Mäuerchen zu setzen. Ein paar Photos von ihr würden mich schon glücklich machen. Wirklich?

Und wollte ich wirklich dieses junge Mädchen lieben? Würde ich ihr dafür Geld geben können?

Wieso die Skrupel? Sie ist bestimmt schon eine kleine Nutte, die regelmäßig Verkehr hat. Mit älteren Männern wie mir und mit ihren gleich alten Freunden. Wie würden ihre gleich alten Freunden bezahlen? Vielleicht ist sie auch eine Heilige und hat ihren festen Freund, den sie über alles liebt.

Sie würde mir dann vielleicht nicht abschlagen, sie zu fotografieren, aber alles andere Verlangen von mir strikt zurückweisen. Böse oder nicht! Aber Heilige sind selten auf diesem Planeten. Der Begriff ist im Übrigen anachronistisch, weil jegliche ursprüngliche Religiosität auf diesem Planeten ausgestorben ist. Vielleicht gibt es noch Heilige des Geldes.

Ich bedauere diese historische Entwicklung nicht, sie ist folgerichtig. Man sollte auch nicht glauben, dass im Zeitalter von mehr Religiosität die Emotionalität größer war als in unserem kapitalistischen, anarchistischen Zeitalter.

Die Gedanken sind natürlich wieder alle recht müßig, denn es gibt keine Entschädigung vom Krankenhaus, also auch keine Kamera. Und das Geld für die Fahrkarte für eine Reise in die Berge habe ich auch nicht. Ich sollte vielleicht Amok laufen und mit Berechtigung eingewiesen werden. Immerhin habe ich in diesem Haus Sex gehabt, und selbst meine Träume sind erotischer. Wären doch nur nicht die Tabletten und die Zwangslage.

Ich sitze in einer gut frequentierten Straße und bettele. Es ist zwar verboten, aber manchmal drückt man ein Auge zu. Ich mache es nie lange. Dies würde mein Stolz auch nicht zulassen.

Wenn es Abend wird, gehe ich an den Strand, setze mich in eins der Restaurants und warte auf sie. Es ist durchaus nicht sicher, dass sie kommt. Wie schön wäre es, wenn ich dann eine Kamera hätte.

Ich frage mich, ob ich dieses junge Geschöpf wirklich ficken will, denn sie ist noch so natürlich. Vielleicht erfreut sich ihr Gemüt noch an dem Glanz der Goldmünzen und nicht an ihrer Kaufkraft. Es würde mir nicht schwerfallen zu erklären, was am Ficken unrein ist. Obwohl dieser Gedanke der mittelalterlichen Scholastik entstammt.

Vermutlich leide ich doch unter Spaltungsirresein. Ich lamentiere über das Getrenntsein, das Getrenntsein unseres Planeten vom Rest der Galaxis, über meine Außenseiterlage und doch erscheint mir die Isolation als rein und der Fick, eine Aufhebung der Isolation, als unrein. Gibt es etwa Reineres als den Fick? Es gibt natürlich nichts Reineres als den Fick für eine gute Stange Geld.

Aber was soll ich tun? Es ist unwahrscheinlich, dass ich zu den Lotteriegewinnern des heutigen Tages gehöre. Ich konnte mir heute kein Los leisten! Es ist nicht zu erwarten, dass sich meine finanzielle Situation in absehbarer Zeit verbessert. Wie denn auch? Und wie anders sollte ich die Rollschuhfahrerin gewinnen als mit Geld. Ich habe kein Geld für ein moralisches Angebot, und sollte ich es wagen, ihr ohne Geld entgegenzutreten, wäre dies wirklich unmoralisch.

Ich kenne mich mit den hiesigen Gesetzen nicht ganz aus, aber eine Anmache ohne Geld könnte den örtlichen Jugendschutz auf den Plan rufen. Ich könnte in Schwierigkeiten geraten. Es wird gewiss vergeblich sein, sich einen Plan, ein Vorgehen auszudenken, das vorsieht, ohne Geld ans Ziel zu gelangen.

Aber wie an Geld kommen? Ich habe dafür überhaupt kein Talent. Ich bin doch Philosoph vom Rande einer Randwelt. Kaum etwas fiel mir in meinem Leben schwerer, als Geld zu verdienen. Nur eines vielleicht, nämlich Frauen zu finden, die mich lieben wollten.

Ist es jetzt Zeit an den Strand zu gehen? Das Betteln hat mir etwas Verachtung eingebracht, nichts weiter. Es gibt keine Sachen zu packen. Ich gehe zum Strand und bete ein gütiges Schicksal an, es möge mir die Kraft geben, der Rollschuhfahrerin ein unmoralisches Angebot zu machen, sowie die Eingebung, diese Unmoral phantasievoll und zielstrebig zu begehen.

Das gütige Schicksal hat seinen Sitz irgendwo in der Milchstraße, und die können wir hier zurzeit nachts nicht sehen. Das gütige Schicksal liegt also irgendwo in dem strahlend blauen Himmel über mir. Unser Stern gibt kein Zeichen, der Himmel gibt kein Zeichen, dass irgendein Schicksal auf meiner Seite wäre.

Nur noch wenige Schritte zur Strandpromenade, die ich ein wenig liebe. Ich liebe den Anblick des Meeres, der Boote, das Treiben auf der Promenade und den Anblick der Speisen auf den Tischen. Nur noch wenige Schritte, doch mir fällt kein Spruch ein, den ich sagen könnte. Die Jugend hat ja heute kaum philosophisches Interesse. Ein Trend, der vor 200 Jahren einsetzte.

Durch meine Kleidung schätzt man mich sofort als ärmlich ein. Ein Wunder, dass man mich nicht aus den Restaurants verjagt, aber es ist ein Relikt aus ferner Zeit, dass Weise für wenig Geld essen dürfen. Echt anachronistisch! Ich nehme Platz und bestelle ein Fischgericht.

Ich sehe sie. Sie ist allein, fährt vorbei. Aber sie wird noch mehrmals vorbeikommen. Ich blicke in den blauen Himmel, versuche dem Schicksal ins Auge zu schauen, und da kommt sie schon wieder.

Ich stehe auf, fest entschlossen sie anzuhalten. Ist sie neugierig oder zornig? Mustert sie mich verächtlich?

"Ich bin Teakbois, der einsame Milliardär!" sage ich.

Und als sie daraufhin lacht, lade ich sie zum Eis ein und hoffe, sie wird ein paar Rollschuhe auftreiben, damit wir zusammen fahren können.

E N D E

Sextalk

Erotische Erzählung

Er stolperte den Menschen hinterher. Die Berge am Rande der Biskaya erhoben sich mächtig und unerreichbar und tauchten zeitweilig im grauen Wolkenschleier unter. Die Leute auf der Straße hatten ihre Schirme aufgespannt und liefen ihren Bestimmungen entgegen. Er mittendrin in diesem Szenario. Zum Glück nieselte es nur, vor ihm eine junge Dame mit grauem, langen Rock, hellbraunes, langes Haar mit rostbraunem Pullover und leuchtend rotem Schirm. Sie verfolgten nun seit ein paar Minuten ihre gleiche Bestimmung. Er wollte sich in einem dieser kleinen Lebensmittelläden seine Lebensmittelration besorgen, aber es war wohl ganz klar, Zentrum seines Strebens war dieses Hinterteil.

Die Frau bog in ein kleines Gässchen ab, fast zwanghaft folgte er ihr. Ihr grauer Rock ging runter bis zu den Waden, ihre Schuhe machten die Frau etwas größer. Sie machte halt, wandte sich um und sagte: "10000 Pesetas." Er fing an zu zittern und sagte: "Si, gracias." Unsicher zog er das Geld aus der Tasche, gab's ihr. Sie nahm es, ohne zu lächeln, und ging weiter. Er folgte ihr. Sie hatten wieder Abstand voneinander. Drei, vier Meter. Er lächelte. Er hatte jetzt den Eindruck, dass dieses Hinterteil hin und wieder wackelte. Und er wusste, der Hintern wackelte für ihn. Der Hintern blieb plötzlich stehen, die Frau bückte sich. Sie tat das nicht für ihn. Sie hob ein kleines Geldstück vom nassen Pflaster auf. Ihr geöffneter Schirm deckte sie immer noch ab. "Das bringt ihr Glück!" dachte er sich. Die Frau setzte ihren Weg fort, verschwand dann aber in einer Apotheke. Er wartete, war sich nicht klar, was zu tun war. Er wartete dann an einer Stelle, die ihn vor dem Regen schützte. Seine Erregung bestand weiterhin, sein Glied fühlte sich schwer an. Die Frau kam raus, sie hatte ein hübsches Gesicht. Ihr roter Schirm fehlte, statt dessen hing an einer Schulter ein schwarzes Handtäschchen.

"10000 Pesetas, Senior!" Bereitwillig gab er sein letztes Geld. Sie setzte ihren Weg fort, er stellte fest, dass es nicht mehr viel wackelte. Plötzlich hielt sie inne, löste ihr Haar, hob ihren Rock, und er sah dieses weiße Gesäß. "10000 Pesetas, senior" "Ja, später!"

Er öffnete seine Hose. Sie beugte sich etwas. Er dachte, er träume. Ein festes Glied gierte diesem Hintern entgegen. Ein wunderbar runder Hintern gab nun den Blick auf ein zu eroberndes Paradies frei. Er packte die Hinternbacken und drang in die Verheißung ein. Ein-, zwei-, dreimal, er stieß viel Erregung ab - und ich werde wach.

Ich liege noch in meinem Bett, meine Hand umschließt das warme Glied und manipuliere es. Ich bin mir darüber uneins, wie ich mir die Brüste der Frau vorzustellen habe. Groß und schwer, klein und fest. Meine Vorstellung, die Bilder wechseln. Der Mund war klein mit sehr roten Lippen, und dieses wunderbare Hinterteil habe ich gesehen. Genug!

Ich sitze hier und trinke Bier, wenn ich hoch schaue, kann ich das Mittelmeer sehen, es hat jetzt eine blau-graue Farbe, ich höre es mehr, als dass ich es sehe, da ich ein paar Notizen in mein Tagebuch mache. Ich schreibe ja nicht blind.

Ein wenig später. Ich habe mich versetzt, sitze nun auf meinem Balkon, warte nicht mehr zu sehr auf das Abendessen. Die Felsen nehmen in der auftauchenden Abendsonne eine rötliche Farbe an. Das Meer macht durch die Bucht wieder eher den Eindruck, es sei ein größerer Binnensee. Langsam wechselt die Farbe der Felsen von rötlich zu gräulich

Ich kann stundenlang die Karten studieren, besonders die eine Übersichtskarte mit den Entfernungen. Ich sitze hier ziemlich genau auf dem 37. Breitengrad, und mir kommt alles ziemlich normal vor. Ich sitze hier und trinke Bier und warte, dass endlich hier eine die Beine breitmacht.

Na, nicht irgendeine, vielleicht eine wie diese Holländerin, eine eher kleinere, gut gebräunte Blondine, halblanges Haar, flachsblond, Stubsnase und unendlich durch den Wohlstand der Mittelklasse verdorben, die mich von ihrer Liege aus musterte und meiner Schwimmleistung zu applaudierte.

Ich treffe sie an der Bar, nachdem ich ein Bier geschüttet habe. "Kommst du mit? Ich bin Yvonne." fragt sie mit flämischem Akzent, und ich stell mir vor, dass ich sie beim ersten Mal wohl von hinten nehmen würde. Wir gehen zu Zimmer 831.

Der Ausblick des Zimmers ist wie der in meinem, die Betten sind wie meine. Sie zieht ihre Shorts aus. Sie ist jetzt unten nackt. Ihr kleiner draller Po ist ein wenig heller als ihre Restbräune, ihre kleinen Brüste sind nicht erschreckend. Leggins und Bluse, die sie sich rasch überzieht, machen ihre Nacktheit zu einem nur flüchtigen Anblick.

"Hast du ein Kondom?" "Leider nicht!" Ich muss runter mit dem Aufzug in die Bar und dann die Treppe zu den Toiletten. Mit 200 Ptas bin ich dabei. Nummer 831 nicht vergessen.

Im dritten Stock steigt eine Alte ein, mindestens 50. Nachdem ich sie mit „Guten Abend" begrüßt habe, fängt sie schwer zu atmen an. Will die mich etwa auch anmachen? Sie hat ein puritanisches Apothekerinnengesicht. Ich verkrieche mich in die gegenüberliegende Ecke des Aufzugs. Die Aufzüge sind heutzutage zum Glück schnell. Achte. Jetzt links, meine Hand greift in die Tasche zu den gezogenen Dingern.

831. Ich klopfe. Sie hat sich umgezogen, geschminkt. "Hier schau mal, was ich gezogen habe!" Sie hat die Augen geschminkt, sie sind jetzt viel auffälliger. Ich bin auf ihre braune Haut abgefahren, jetzt ist es ihr Mund. Schön rot hat sie den angemalt.
Ich habe sie ja schon im Badeanzug gesehen. Sie trägt nun einen rosa Minislip und in gleicher Farbe einen hübschen Körbchen-BH, der ihre Weiblichkeit stark betont. Dazu trägt sie halbhohe Pumps, lachsfarbene Pumps. Die Farben passen gar

nicht zu ihr. Sie muss schwarz oder weiß tragen. "Warum hast du das gemacht?" "Ich will dir gefallen. Ich mache mir immer rote Lippen, wenn ich an einem Schwanz lutschen will!"

Das sind ja phantastische Aussichten. "Komm lass mal dein Hinterteil sehen!" Sie lächelt mich an und macht mit ihren roten Lippen einen Kussmund. "Ach lass mich doch erst etwas blasen!" Ich für meinen Teil hätte sie nun selbst gerne geleckt. Ich stelle mir vor, wie sie mir auf dem Bett ihren Hintern entgegenstreckt. Schon ein paar Tage, dass ich keine Schamhaare mehr gesehen habe. Die Vorstellung, die paar Härchen, die man von hinten sehen könnte, mit meinem Mund zu berühren machen mich sehnsüchtig geil.

Aber sie ist ja noch angezogen, nun ja, was heißt angezogen? Kann man eine Frau mit kleinem Slip und BH, der auch mehr zeigt, als er verbirgt, als angezogen bezeichnen?
Ich kann ungeniert ihren Hintern betrachten, nun gut, er ist Zentrum meiner Betrachtung. Der braune Rücken, die Beine tun ihr übriges. Ein Blick zum Haaransatz. Ich schmelze dahin. Das sind die denkwürdigen Momente, wo ich anfange, mich zu verlieben. Sie holt aus dem Schrank eine Flasche Sekt. "Diese Situation muss begossen sein!", meint sie. "Lass uns erst was Sekt schlecken!" Peng macht es. Die hat Nerven, weiß sie nicht, wie groß mein Liebesdurst ist? Aber immerhin hat sie Stil.

Der Sekt prickelt. Wir stoßen an. Sie hat die Beine übereinandergeschlagen, ich schaue auf das Höschen und sie ist mir bestimmt nicht böse. "Erzähl mal, was machst du hier alleine?" Ich ziehe gierig an meinem Sekt. "Dann komm mal näher!"

Sie gibt mir einen heißen Kuss, und ihre Hände bewegen sich zu meinem Hosenreißverschluss. Ganz langsam zieht sie ihn auf. Es steht alles. Sie streift meine Unterhose zu meinen Oberschenkeln, mein Glied streckt sich ihr entgegen. "So nun pass mal auf!" Ich sehe auf den Haarwuschel und habe dieses unbeschreibliche Gefühl. Sie scheint genüsslich zu saugen, und ich fiebere einem Höhepunkt entgegen. Zu früh!

Sanft fasse ich sie am Kopf an und lasse einen sanften Druck wirken. Sie lässt ab. Ich lächele sie zufrieden an. "Und nun zeig mir endlich deinen Hintern!" sage ich lachend. Sie steht auf, macht ein paar tänzelnde Bewegungen, beugt sich nach vorn, von mir ab, und bei dieser genial erotischen Beckenbewegung zieht sie ihr Höschen runter.

"Komm, knie dich aufs Bett!" Sie tut es. Ich küsse sie zweimal auf jede Hinternbacke und berühre mit der Zunge diese Haare, nach denen ich mich gesehnt habe. "Stoß ihn mir rein!" Hier spätestens wird die Szene nicht jugendfrei. Ich ballere alle verfügbaren Spermien in den Pariser hinein.

Danach raucht sie eine Zigarette. Ich ziehe auch einmal dran und küsse sie. "Sag mal, hast Du schon ein paar erotische Erlebnisse in diesem Hotel gehabt?" fragt sie. Ich muss lachen. Ich hatte eine Nachbarin, eine Etage über mir, Zimmer 1135. In den unmöglichsten Situationen stöckelte sie mit ihren Pumps über mir rum. Ich stellte mir vor, unter ihren Rock zu schauen. Irgendwann reichte es mir, und ich wählte 1135. Eine weibliche Stimme meldete sich dann.
Ich hatte meine Nachbarin noch nicht bewusst als solche gesehen. Zu gern hätte ich gesehen, wer da stöckelte. Ich stellte mir ganz unterschiedliche Frauentypen vor. Drei Tage war ich nun in diesem Hotel, hatte Bikinischönheiten am Strand, welche, die besonders gut in diese typischen bunten Freizeitklamotten passen und die unvermeidlichen Frauen in ihren elegant teuren Abendkleidern bewundert.

Nach einer Woche Männerkloster (ich zweifle etwas, ob Yvonne mir diesen Teil der Geschichte abnimmt) hatte dieser Anblick, diese verschiedenen Aspekte weiblicher Attraktivität eine nahezu schockierte, eine begeisterte, irgendwie gefesselte Aufmerksamkeit meinerseits gewiss. Ich lag auf meinem Bett, breitbeinig auf dem Rücken, und meine Vorstellungen von den Frauen ließen meinen Penis erigieren. Er streckte sich gegen die Decke. Mit der rechten Hand umfasste ich mein warmes Lustorgan.

43

Ich weiß nicht, warum ich jetzt Yvonne die Dinge etwas aufgesetzt beschreibe. Ich habe das Gefühl, dass der Stil gewisser Schundliteratur meine Beschreibungsmöglichkeiten beeinflusst haben. Jedenfalls Yvonne scheint das weniger zu stören, sie saugt zufrieden an der zweiten Zigarette danach und hört mir interessiert zu. Und wie ich von meinem Penis erzähle, denkt sie vielleicht an ihn. Ich möchte, dass sie ihn in guter Erinnerung behält. Ein paar Tage, ich will nicht so bescheiden sein, vielleicht ein paar Wochen soll sie sich an ihn erinnern.

Dieses Organ musste mehrmals am Tag massiert werden. Die Massiererei bekam ihre Eigendynamik und wurde schließlich fremdbestimmt. Mir war zuerst nicht bewusst, dass ich ferngesteuert wurde. Vor meinem geistigen Auge stolzierten die Frauen, und eine Frau stöckelte über mir. Immer wenn es über mir ruhig wurde, hielt ich mit meiner Hand inne. Diese Frau rückte ins Zentrum meines Bewusstseins.
Sie war eine der eleganten Frauen, deren Stil sich zu kleiden, zu frisieren etwas Unerreichbares, Hocherotisches darstellt. Etwas, das körperliche Unzulänglichkeiten zur Verheißung machen kann, das Frauen mittleren Alters so unendlich begehrenswert macht.

Ich stellte mir eine vollbusige Frau vor, wechselweise ganz nackt oder in einem Body. Es gelang mir manchmal, dem Ganzen die wahre Perspektive zu geben. Ich auf meinem Bett, eine gläserne Decke über mir. Eine Frau im Body mit Pumps, sicherlich eine Frau, die ihren Körper verkaufte. Ich konnte die Häkchen des Bodys sehen, die zu öffnen waren, wollte man, ja wollte man was? Wollte ihr Kunde zum Zuge kommen, musste der Verschluss geöffnet werden.

Ich wollte sie, ich würde ihr nächster Kunde sein. Eine Zeit lang war's ruhig oben, dies zögerte meinen Orgasmus hinaus. Die Schuhe gaben Ruhe, meine rechte Hand löste die Umklammerung. Der Gedanke, meinen Orgasmus hinauszuzögern, kommt mir des öfteren. Manchmal sind es Ablenkungen unfreiwilliger Art, die die Konzentration auf den erotischen Brennpunkt aufheben. Meist irgendwelche Geräusche, wie Bewegung im Treppenhaus, das Knacken der Heizung oder, ich geb's zu, ein Film-schnitt sind die Störenfriede, die den Orgasmus hinauszögern.

Manchmal wünsche ich mir für meine einsamen Stunden ein schönes Video, auf dem ein perfekt inszenierter Striptease zu sehen ist. Neckisch und geil, in dem sämtliche Vorlieben meines Spannertums eingearbeitet und zur Kunst emporgehoben würden, so müsste er sein.

Die Frau sollte schon einen markanten Hintern besitzen, schöne Beine, vielleicht nicht zu dünne Oberschenkel, ein freches Gesicht. Das Aussehen der Scham überlasse ich den Regisseuren, den Choreographen, den Talentsuchern. Ein voller Busch oder eine helle, spärliche Behaarung, ich habe in dieser Beziehung keine Vorliebe. Ich habe eine Vorliebe für große Brüste, und ich mag es, wenn es eine Frau versteht, ihre Brüste einzusetzen, die Männer damit geil zu machen. Eine Frau mit Großem ist da etwas im Vorteil.

Ich stelle mir eine Frau mit großem BH oder gewagtem Ausschnitt vor. Wie diese Frau mit ihren großen Äpfeln oder meinetwegen auch Melonen, dann aber Honigmelonen bitte, wie diese Frau kokettiert, die Brust bewegt, sie präsentiert das kann für mich sehr erregend sein. Die durch BH oder Kleid in Form gebrachten Brüste bauen auch eine Spannung bzw. Neugier auf, wie diese vollkommen entblößt aussehen. Wie ist ihre Form? Wie sieht das aus, was der Ausschnitt verbirgt?
Heutzutage ist der Anblick einer nackten Frauenbrust nichts Außergewöhnliches. Nackte Frauenbrüste sind in Freibäder, an den Ufern der Baggerseen zu betrachten, obwohl man sich nicht die Dreistigkeit erlauben sollte, einen Busen zu lange zu begutachten. Es wird dann doch peinlich. Ein gut aussehendes Mädchen, eine attraktive Frau wird es sicher tolerieren, vielleicht genießen, wenn neugierige, prüfende, jedenfalls scheue oder flüchtige Männerblicke sie streifen und bewundern. Aber sich minutenlang anstarren lassen ist nicht jeder Frau Sache.

In meinem Video müsste die Brust als etwas höchst erotisches, noch immer Geheimnisvolles stilisiert werden. Die Einzelheiten

45

seien dem Regisseur und der Tänzerin überlassen. Im Gegensatz zu unseren Badenixen müsste das Model, die Tänzerin es genießen, angestarrt zu werden, gegebenenfalls auch die Illusion erzeugen können, sich als vollkommen unbeobachtet fühlend erscheinen zu lassen. Diese Frau ist Tänzerin, Model, in erster Linie das Modell für die Frau, exemplarisch für die Vorstellung der Männer, meiner Vorstellung vom begehrenswerten Geschlecht.

Diese Frau müsste es genießen, schließlich ihr Hinterteil zu entblößen und wie mit einer ekstatischen Bewegung die Aufmerksamkeit ihrer Beobachter auf gerade dieses zu ziehen, um dann den Genießern ausgiebig, ausschweifend das zu zeigen, was dieses Hinterteil gewöhnlich verbirgt.

Mein Video, dieser Strip muss verlogen sein, eine Doppelmoral aufweisen, aber noch etwas zum Busen, zur Größe. Manch einer wird das nicht verstehen. Diese Person soll neben der Unschuld, und was sie sonst noch alles darzustellen hat, frech wirken. Mit einer Ausstrahlung, die einen an der Nase herumführt, sozusagen mit einem gewissen Lausbubencharm. Nach meiner Vorstellung scheinen Weiber mit kleinerem Busen diese Rolle besser spielen zu können. Selbstverständlich kann eine großbusige Tänzerin mit langen Haaren oder, sagen wir, einer typischen Frauenfrisur diese Rolle spielen zu lassen, vielleicht würde ich bekehrt und geheilt.

Spießig, verlogen, mit sehr viel Doppelmoral beladen muss diese Aufführung, dieser Strip sein. Eine mit Kleidung zugepackte Frau, vielleicht ein Bild einer europäischen Frau der letzten Jahrhundertwende, die sich ziert, schockiert tut, wenn sie gewahr wird, dass sie beobachtet wird. Der es Freude macht, uns zu quälen, auf die Folter zu spannen, die zuerst den Eindruck erweckt, auch nie einen Männerblick auf ihren nackten oder halb ausgezogenen Körper zuzulassen.

Ein verlogenes Luder also, das sich in der Auflösung aller Spießigkeit sich breitbeinig vor mir räkelt, es genießt mir ihr Geschlecht zu zeigen, den Hintern kreisen lässt und vorbeugend al-

46

les zulässt, was ich mir am Anfang dieser spießigen Nummer erhofft habe. Wenn es die Dialektik so will, wird meine Darstellerin am Ende der Show nach einem Tuch raffen und ihre zu verbergenden Teile schützen und erschreckt und entsetzt von der Bühne eilen. Und vielleicht wird dann noch mal ihr Kopf erscheinen und mich anlächeln.

Das nenne ich Verlogenheit, Doppelmoral, und mir gefällt es noch immer, auch ihre Auflösung, wenn nur noch der ehrliche Sex regiert, wenn man nur noch ehrlichen Sex im Kopf hat.

Yvonne fragt: "Was ist ehrlicher Sex?" "Jeder finde seine Antwort!"

Richtig in den Redefluss gekommen, erzähle ich weiter. Ich erinnere mich an eine Szene am Strand, der einzige FKK-Strand weit und breit. Sieben Kilometer durch sengende Hitze, um an den Strand der Nackten zu gelangen. Sicherlich, ich wollte Gleicher unter Gleichen sein, wollte aber dennoch auf meine Kosten kommen.
Eine junge Frau - mittelgroßer Busen - lag belanglos im Sand, bei dieser Frau war eigentlich alles mittel. Ich will nicht gemein sein, die etwa zehn Jahre ältere Frau, auch zehn Jahre älter als ich, sicher mit einem der nackten Männer im Sand verheiratet, reizte mich mehr. Sie genoss es sichtlich, nackt im Sand zu liegen. Sie war klein, aber das tat ihrem Sex-Appeal keinen Abbruch. Es wäre auch übertrieben, sie als sonderlich schlank zu beschreiben, ihr Busen hing.
Sie genoss es, sich von ihrer besten Seite zu zeigen und die Seite, die sie zeigte, war jeweils die beste. Irgendwann stand sie selbstbewusst auf, ging wippend zum Meer und stellte sich in die Brandung, die ihren Hintern umspülte. Wenn die Welle kam, sprang sie hoch. Mein Blick versuchte sich auf ihre Backen oder die Kehrseite dieser Backen zu fixieren, aber ihr Hintern, ihr Geschlecht verschwanden immer wieder in den Wellen.

Kurz entschlossen ging ich mit halb erigiertem Penis zum Wasser. Immer wenn das Wasser sie umspülte, stieß sie Geräusche der vergnüglichsten Art aus. Ich wollte hinausschwimmen, in der Hoffnung, sie würde mir vielleicht folgen. Ich ging an ihr vorbei, lächelte sie an, guckte ihren blonden, glänzenden Busch an und wieder ihr Gesicht. Ich versuchte mit meinem Gesichtsausdruck zu vermitteln, ich würde es genießen sie zu betrachten. Ich wollte ihr klar machen, dass ich sie gut fand, ihren Körper, ihre lüsterne Ausstrahlung. Ihre sexuelle Ausstrahlung beschränkte sich ja darauf, sich lustvoll zur Schau zu stellen.

Vielleicht sah sie ja auch sich anders, freute sich an Sonne, Meer und Wellen, die ihr Abkühlung brachten. Wäre es so gewesen, wäre sie mit etwas geschlagen, das man als weltfremd bezeichnen könnte: Jeglicher Gedanken über eine Wirkung auf andere zu verdrängen, nur sich selbst und das harmlose Vergnügen des Badespaßes empfindend. Die Kühle des Wassers verminderte meine Halberektion. Ich bin mir sicher, ihre Augen ruhten eine kurze Zeit auf meinem Teil, und ihr Gesichtsausdruck und ihr Schreien waren ermutigend. Natürlich, Anlass ihres Lustschreis war eine Welle, die ihre Lüsternheit oder war's nur Eitelkeit, tarnte und einen natürlichen, tarnenden, bestenfalls zweideutigen Rahmen für ihre schlüpfrige Tätigkeit schuf. Ihr Ehemann müsste schon ein eifersüchtiger Charakter sein, um der Szenerie etwas Verfängliches abgewinnen zu können. Zugegeben, ich kannte und kenne mich mit Männerpsychen nicht so aus, um realistisch mir bestimmte Gedanken ausmalen zu können, die in den verschiedenen Männerhirnen durch ihr Treiben ausgelöst wurden. Vielleicht beobachtete ihr Mann sie und hatte ebenso wie ich Mühe, sein wachsendes Glied zu verbergen, vielleicht las er den Sportteil der Zeitung.
Für mich war eindeutig, dass weniger das Meer, sondern ihr Exhibitionismus, ihre Selbstdarstellung ihr Antrieb war und ihr in gewisser Weise eine Selbstbefriedigung gab. Wie schön war es zu betrachten, wie sie mit Meerwasser ihre Brüste nässte. Hier fällt mir auch wieder auf, wie mich diese vielleicht sogar plump gespielte Unschuld reizte, diese Lüge.
Denn diese Frau wollte Begehren, Begierde erzeugen und vielleicht darüber hinaus ein Abenteuer, eine Lust befriedigen, die über ihr Darstellertum hinausgingen, und das Ziel dieser Lust war sicher nicht der lesende Ehemann, sondern vielleicht ich.

Das war Lüge, beabsichtigter Betrug. Alle Männer, bis auf den einen, der zielstrebig genug war, die Chance zu nutzen, wurden belogen, hinters Licht geführt. Jeder Belogene hat die Möglichkeit, seinen Teil der Wahrheit zu finden, will sagen, eine Lüge kann nicht jeden täuschen. Vielleicht dachten viele, was für ein Luder, ein Gedanke, der schnell abgelegt wurde, der nichts Weiteres bewirkte.

Ich jedenfalls, angelockt vom Weib, stapfte durchs Wasser an ihr vorbei, mein Gesicht schaute erwartungsvoll in ihres, meine Lippen schwiegen, während ihre die Zähne preisgaben und zu einem sehr unverschämten Gesamteindruck beitrugen. Nicht unverschämt für mich, mein Blick versuchte an allem zu kleben, was sich ihm bot. Selbst ihre Nase war etwas sehr Erhebendes.

Hinter ihr ließ ich mich ins Wasser gleiten. Zu diesem Zeitpunkt wusste ich nicht, ob Weiteres folgen würde, ob diese Frau sich damit begnügte, mich geil zu machen, oder ob sie ihrerseits geil war, wahllos geil. Es gibt weniges, das mir mehr gibt, als ins Meer hinauszuschwimmen. Eine richtige Eingebung sagte mir, mich auf den Rücken zu legen, um sie weiter zu betrachten, und mein Blick fiel zunächst auf ihre Kehrseite. Ich konnte ungeniert und unbeobachtet auf ihr Hinterteil schauen. Aber vermutlich wollte sie mich auch sehen oder der Strandbevölkerung den Rücken und die Backen zeigen. Jedenfalls drehte sie sich, tat einen Begeisterungsausruf und glitt nun selber ins Wasser, um auf mich zu zuschwimmen.

Yvonne ist auf die Toilette gegangen, ich vermute, um ihr zerstörtes Make-Up aufzubessern. Ich sitze bei ihr auf dem Zimmer und nippe am Wasser. Sie hat sich einen Morgenrock übergezogen, der ein wenig nacktes Bein übrig lässt, das kleine Hinterteil ist erahnbar. Es war bisher keine Rede davon, dass sie ausgehen will. Etwas sagt mir, dass ihre Leidenschaft, ihre Lust auf Sex für heute noch nicht ganz ausgelebt ist. Vielleicht schaffe ich es ja, mit der Schilderung frühere Erlebnisse, mit meinen Kommentaren ihren Sex wachzuhalten.

49

Warum erzähl ich ihr soviel über mich. Vielleicht ist es ja die kultivierte Art dieses One-Night-Stands, die ihr gefällt. Ich hoffe auf einen Three-Nights-Stand. Auf mehr wage ich nicht zu hoffen. Sie hatte nach anderen erotischen Abenteuern in diesem Hotel gefragt; die Geschichte von der Frau über mir bekam ich nicht zu Ende erzählt, ohne anderes anzuschneiden. Ich bin ausschweifend, aber das scheint ihr zu gefallen. Ich gieße uns Whisky nach. Mit tänzelndem Schritt kommt sie zurück. Ihre Lippen sind entzückend, und sie formen sich kurz zu einem Kussmund. Ich sage ihr, dass sie hinreißend ausschaut. Für dieses Kompliment öffnet sie ihren Morgenrock, was einen überaus belebenden Einfluss hat. Ich liebe schöne Frauen, die mich anlächeln. Diese setzt sich neben mich, schlägt die Beine übereinander und sieht es wohl gar nicht ein, den Morgenmantel zu schließen. Ich verkneife mir, ihr zu sagen, dass es meiner Seele gut tut, wenn sie mich anlächelt. Ich bin etwas verwirrt. Ich nippe an meinem Glas und fordere sie auf, es mir gleich zu tun. Meine Augen heften sich an den Glasrand.

Ich erzähle weiter. Die Mittdreißigerin schwamm mir nach. Schade, ich konnte nicht mehr ihre Brüste sehen, ach quatsch, es war mir etwas peinlich, dass unsere Blicke sich trafen, dass ihr Blick auf meinen zu schwamm. Die Gesichtsmuskeln bewegten sich in Richtung Lächeln.

Ich habe mich immer gefragt, was es bedeutet, wenn eine Frau mir ihre Zunge zeigt, wenn die Zungenspitze erscheint und leicht bewegt wird oder mehr, die ganze Zunge über die Lippe fährt. Ich tendiere dazu, dies als bewussten Akt anzusehen, nicht dazu gedacht, die Lippen zu feuchten. Hier beginnen die Deutungsschwierigkeiten. Will da jemand nur auf sich aufmerksam machen, etwas verwirren oder ein Interesse bekunden. Oder waren wirklich die Lippen zu trocken, etwas, das unbewusst den Zungenmuskel in Bewegung setzt. Selbstverständlich gibt es keine allgemeingültige Antwort, keinen Schlüssel, mit dem ich jede Situation in Griff kriegen kann, jede Situation bedarf ihre eigene Deutung, und in den meisten hat die Deutung versagt. Daher den Wunsch, den Schlüssel in der Tasche zu haben.

Besagte Frau lächelte mich an, ließ ihre Zunge sehen. Ich finde, jegliche Unsicherheit hätte von mir fallen müssen. Wohin? Etwa ins Meer? Das weigerte sich, mit diesem Unsinn etwas anzufangen. Wer weiß, vielleicht bekam ich auch so was wie ein Lächeln hin. Die schwierigsten Augenblicke standen mir bevor. Ich lag immer noch auf dem Rücken, nackt. Die Frau schwamm zielstrebig auf mich zu, auch wenn uns nur noch wenige Meter trennten. Meine Vorstellung spielte mir einen Streich, indem sie mich an ihre Nacktheit erinnerte. Ihr freches Gesicht guckte aus dem Wasser, das alles verbarg. Ich versuchte, mich auf einen kurzen Smalltalk einzustellen.

Sie ihrerseits war viel direkter. Wie geht's fragend, griff sie nach meinem Glied, das in wenigen Sekunden anschwoll. Für die Szenerie am Strand mochte wohl der Eindruck entstehen, sie würde mich nach dem Wetterbericht von morgen fragen. Zugern hätte ich nach einer ihrer Backen gegriffen. Aber Vorsicht! Sie schwamm weiter, rief mir zu, sie sei in einer halben Stunde in den Dünen, ob wir uns da nicht weiterunterhalten wollten. Ich wollte. Ich wälzte mich um, machte kräftige Stöße, die mich schnell von ihr entfernten, kräftige Stöße, um meine Freude auszudrücken, für wen auch immer. Ich schwamm raus, während die Frau sich wieder ihrer Hauptbeschäftigung widmete. Im flachen Wasser spielte sie wieder mit ihrem Körper.

Ich blieb gut eine viertel Stunde im Wasser, während sie schon ihr Landleben begonnen hatte. Als ich an Land tapste, wurde sie von ihrem fettbäuchigen Gatten mit Sonnenschutzcreme eingerieben. Dieses Bild machte mich in keinster Weise eifersüchtig, im Gegenteil, ich genoss es, wie die großen Hände über ihre Haut glitten. Sie verhielten sich nicht lieblos und kannten die Stellen, die wohl von den meisten geschätzt werden. Zu gerne hätte ich seine Aufgabe übernommen, die er vielleicht nur mit einem Automatismus ausübte. Ein Automatismus, der liebevoll erscheinen mochte, da er sich aus etwas liebevoll Erotischem entwickelt hatte.

Meine Rolle war wieder die, des lustvollen Beobachters aus der Ferne. Vielleicht war dieses dralle Persönchen in Gedanken bei mir, stellte sich vor, wie mein Schwanz bedächtig, aber kräftig sich in ihrem Geschlecht bewegte. Mal wieder typisch, wie ich meine Phantasie anderen unterstellte.

Nach der Sonnencrememassage zelebrierte sie es, einen Bikini anzulegen. Sie kehrte mir ihr Hinterteil zu. Wie dieses Höschen an seinen Bestimmungsort kam, hatte etwas Perfektes. Ich hatte gehofft, beim Anlegen des Oberteils hätte sie sich wieder mir zugewandt, es blieb aber bei ihrem Rücken. Sie zog eine Sonnenbrille an und wandte sich dann mir zu. Ohne eine Gesichtsregung an ihr erkennen zu können, schaute sie fast eine Minute in meine Richtung. Was hatte das zu bedeuten? Ich schaute weg, um sie nach wenigen Minuten lesend vorzufinden. Wir würden uns verspäten.

Ja, und dann irgendwann erhob sie sich. Meine Blicke hefteten sich an ihr Gesäß, das kleiner wurde und in den Dünen verschwand. Ich wartete 5 Minuten, um mich dann zu unserer Unterhaltung zu begeben. Ich fand sie sitzend und folgte ihr in einen abgelegenen Teil der Dünenlandschaft. Sie griff ab und zu nach meinem Hintern und ich hatte meine Hand in ihr Höschen geschoben. Das war unsere Unterhaltung! Eine Dünenwand schien ihr geeignet.

Sie entledigte sich ihrer Hose, spreizte etwas die Beine und ich begann, sie unaufgefordert zu lecken. Ich leckte ihr Salz. Ich verschwieg ihr, was ich über sie dachte, mir war's wichtiger, dass sie mich mit ihren lüsternen Schreien antörnte. Bevor ich von hinten in sie eindrang, schaute ich sie einen Moment lang an. Sie bewegte sich etwas, das ich als Aufforderung auffasste, meine Männlichkeit einzusetzen.

Dies sind die Momente, in denen mir die Worte fehlen zu beschreiben, was ich empfinde. Das muss Yvonne etwas enttäuschen.

Wie ich diesen braunen Körper begehrte. Wie verführerisch war dieses Hinterteil. Ich kann das Yvonne nur mit Körpersprache vermitteln. Ich bin für die nächsten zwei Stunden ausgepowert, aber Yvonne hat unerschöpfliche Energien. Um ihr meine Geilheit von damals am Strand zu vermitteln, muss sie jetzt selbst geil sein. Mit meiner Schwanzspitze versuche ich, ihren Kitzler zu stimulieren.

Als sie zu stöhnen beginnt, fahre ich mit meiner Geschichte fort. Man muss sich vorstellen, ich hatte meine kleine Exhibitionistin vor mir. Dies war der Augenblick, in dem sie definitiv ihren Hintern, ihren Körper für einen Fick anbot. Ich konnte nicht anders, ich musste ihren Arsch küssen, mit meiner Zungenspitze ihre Muschi untersuchen. Sie gluckste dabei. Mein Glied in ihr zu bewegen war eine sehr feuchte, weiche und lustvolle Angelegenheit, die sie mit quiekenden Geräuschen untermalte. Ich versagte mir nichts und stöhnte über die Dünen hinweg.

Dieser lustvolle Sex dauerte keine fünf Minuten, aber ich bin sicher, sie hatte ihren Spaß dabei. Ich weiß noch, wie sie mir winkte und sich dann mit wackelndem Hinterteil entfernte. Sie war noch nackt, was heißt noch, an diesem Strand bestand keine Notwendigkeit, sich etwas überzuziehen. Das Hinterteil verschwand.

Ich hatte einen kleinen Traum von mir erfüllt. Zufrieden und innerlich noch aufgewühlt erschien ich wieder am Strand und erlebte meine Frischgeliebte turtelnd mit ihrem Gatten. Dieses Spielchen zu betrachten hatte ich keine weitere Lust. Ich malte mir aus, dass die beiden gleich in den Dünen verschwinden würden. Ich packte meine Sachen und machte mich auf den Weg in die Stadt.

An diesem Punkt der Geschichte zeigt Yvonne Unverständnis. Sie versteht nicht, warum ich nicht eine zweite Möglichkeit mit ihr wahrgenommen habe. Sie versteht mein Beleidigtsein nicht. Sie findet es völlig erwartungsgemäß, dass sie etwas mit ihrem Mann herum schäkert. Hätte sie auch gemacht, alleine um von ihrer jüngsten Vergangenheit abzulenken. Ich stelle mich nicht unter Erklärungsdruck. Ich bin halt damals in die Stadt zurückgegangen. Yvonne fragt mich noch, ob ich die Frau nochmal gesehen habe.

Eigentümlicherweise bin ich nicht mehr an jenem Strand gewesen.

Ich habe sie in einer kleinen Gruppe mitten im Einkaufstrubel der Stadt gesehen. Vielleicht wollte ich die Einmaligkeit meines Erlebnisses bewahren, obwohl eigentlich nichts, keine Abfolge von Ereignissen, diese Einmaligkeit hätte zerstören können. Aber vielleicht hätte ich mich nicht an dieses erste Mal erinnert, wäre eine langweilige, vollkommen belanglose Beziehung daraus entstanden. Yvonne versteht mich nicht so ganz. Ein paar geile Stunden mit der Alten hätten doch noch werden können. Ein bisschen eine nackte Lady bewundern, um dann einen drei-Minuten-Quickie vom Stapel zu lassen. Da hätte doch mehr drin sein können. Ich finde, sie sieht das von einem recht materialistischen Standpunkt.

Ich zweifle etwas an meiner Erzählkunst. Yvonne kann sich wohl nicht so leicht in mich versetzen, nicht nachvollziehen, wie geil, wie erotisch das Erlebnis für mich war. Nackte Haut gesehen und nackte Haut gekriegt und das nur einmal. Yvonne kann das nicht so sehen.
Ich bekomme Lust, das Thema Sex zu verlassen, Lust, über Spanien oder deutsche Innenpolitik zu reden. Essen, wir sollten etwas essen gehen, nicht in diesem Hotel, sondern in einem der Restaurants des Orts. Essen, Yvonne, in einem typischen, spanischen Touristenrestaurant. Ich werde einen trockenen Weißwein, gemischten Salat und Krabben in Knoblauch nehmen, dazu viel Brot. Ich habe jetzt genug von Sex, auch wenn mich Yvonne gerade wieder so anlächelt. Ich mache Yvonne den Vorschlag, in ein gemütliches spanisches Restaurant Essen zu gehen.

Sie witzelt, dass ich wohl wieder zu Kräften kommen müsse. Ich verspreche ihr, die Geschichte von der Frau über mir, der Frau mit den Stöckelschuhen im Restaurant weiterzuerzählen. Ich male ihr aus, welche Köstlichkeiten sie verpassen würde, wenn sie mit mir nicht speisen würde. Hinzufüge ich noch, dass der Bundeskanzler von Deutschland dieses Jahr wohl wiedergewählt würde.

Ich habe absolut keinen Bock mehr auf Sex. Unser Bundeskanzler hat die Fähigkeit, Schwierigkeiten und Probleme auszusitzen. Er verdrängt mit seinem Gesäß die Probleme, sodass wir sie auch verdrängen, aber kein Mensch wird mir plausibel erklären können, wieso wir für die Verdrängung seine gigantischen Vier-Buchstaben benötigen. Yvonne bestätigt mir, dass sie ihn als netten Kerl in Erinnerung habe, er habe immer freundlich geguckt und Hände geschüttelt.

Ihr Ministerpräsident würde doch auch immer lächeln bei solchen Gelegenheiten. Man müsse diesen Mann nicht an Festlichkeiten messen, sondern schon sein Alltagsverhalten heranziehen, wende ich ein. Ihr kleiner Ministerpräsident sei doch sicher ein mieser Typ. So hätte sie das noch nicht gesehen, sagt sie. Der große Ministerpräsident hätte ab und zu eine nahezu erotische Ausstrahlung, wenn sie sich vorstelle, wie er mit seinen großen fleischigen Händen sie an ihrem Gesäß packt, das hat was.

Ich entgegne, der Mann sei so stark, der könne sie tragend vögeln und dabei eine Parlamentsrede halten. Die Standorte müssen gesichert werden, die Arbeitszeiten müssen verdoppelt werden. Unser Land ist nun wirklich in der Krise. Unser Ministerpräsident ist ein Elefant, und es ist nahezu konsequent, dass Autos entsprechender Größe gebaut werden, ja sogar eine neue Klasse entstanden war, die sogenannte Elefantenklasse. Bisher hat allerdings nur ein Hersteller Wagen zum Verkauf, die dieser Klasse zugeordnet wurden.

Yvonne antwortet mir, dass sie gerne einen Mann mit einem so großen Wagen hätte. Und solche wie mich für die Liebe zwischendurch. Ich kann wegen dieses Ministerpräsidenten meinen Beruf nicht ausüben, beginne ich Lügen zu stricken. Ob das nicht in ihrem Land bekannt wäre, dass dieser Mann konsequent alle konsequenten Umweltschützer mit Berufsverboten bekämpft.
Ich hatte mich für die graue Stechheuschrecke eingesetzt und demzufolge versucht, ein Werk zu verhindern, das nämliche Autoklasse bauen sollte. Ich war einer unter Tausenden. Unsere

Sit-Ins waren berüchtigt. Letztlich mussten wir weichen und somit die Heuschrecke. Statt der Heuschrecke gab's nun die Elefanten. Und ich will nicht verschweigen, dass anderswo die Elefanten auch verschwanden. Mit den schwindenden Heuschrecken und Elefanten schwanden auch meine Berufsaussichten. Auf Anordnung des großen Ministerpräsidenten wurden die Sit-Ins fotografisch festgehalten und datentechnisch aufgearbeitet. Yvonne folgt meinen Ausführungen ungläubig.

Yvonne lacht mich aus oder an. "Erzähl mir doch bitte etwas anderes!" bettelt sie. "Ich kann dir etwas über Weiberärsche und Muschis, Titten und lange Beine erzählen." Das Thema scheint sie mehr zu interessieren. Bewundernd stellt sie fest, ich müsse viel Erfahrung haben. "Du hast viel gefickt!" ruft sie aus und strahlt mich an. Ich wehre ab. Das seien rein philosophische Betrachtungsweisen, die mehr auf Überlegungen als Taten basieren, entgegne ich.

Im Restaurant angekommen will ich ihr nun endlich die Geschichte der Nachbarin mit den Stöckelschuhen erzählen. Ich bestelle als Vorspeise Krabben in Knoblauch. Ich habe Schwierigkeiten bei all dem Suff, meine Aktionen, meine Worte zu koordinieren.

"Sie hatte dünnes, dunkles Schamhaar." beginne ich. Irgendwann war der Punkt überschritten, meine Geilheit, meine Neugier überstrapaziert. Ohne viel Phantasie entwickeln zu müssen, wählte ich mit dem Hoteltelefon eine Nummer, von der ich annehmen konnte, dass es ihre sei. Meine Telefonnummer war identisch mit meiner Zimmernummer. Meine Telefonnummer plus hundert müsste ihre sein.

Es meldete sich schließlich eine warme, verzweifelte Stimme. "Hallo!" "Ich denke seit Tagen an dich." hätte ich gerne gesagt, statt dessen führte ich mich damit ein, dass ich ihr Nachbar sei, es wäre doch nett, sich mal näher kennenzulernen, wo ich doch bisher nur den Klang ihrer Stöckelschuhe kennengelernt hätte!

"So war das nicht!" meint Yvonne zu mir. "Erzähl mir eine andere Lügengeschichte! Hauptsache sie hat Sex!"

Eines Nachts wurde ich vom Lärm über mir wach, es schienen permanent Dinge auf den Boden zu fallen. Ich versuchte Stöckelschuhe zu vernehmen, vernahm aber keine. Finsterste Techno-Musik ertönte laut, wohl von nebenan klopfte es zusätzlich, die Musik verlor an Gewalt. Der gewöhnliche Hotelbewohner besitzt zum Glück keine Bohrmaschine oder Hämmer. Miss High-Heels besaß aber zumindest Boccia-Kugeln oder Ähnliches. Klack, klack.

Ich war wütend, um meinen Schlaf gebracht und dazu stocknüchtern. Quasi auf Entzug, aber das brauche ich Yvonne nicht zu erzählen und über die Probleme, die ich mir dann mit dem Schlaf mache. Erfahrungsmäßig kann ich nach solchen Unterbrechungen schlecht einschlafen, und von Erlebnis zu Erlebnis werde ich wütender. Nun kam noch hinzu, dass ich trocken war. Ich stand auf, ging Richtung Spirituosen zum Riesensideboard, goss einen Dreifachen ein, Jack Daniels, kippte ihn ohne Kultur außer meiner eigenen, bewegte mich wieder zum Bett, griff kurzentschlossen zum Telefon und wählte wütend die Nummer, die ich schon seit Tagen im Kopf hatte. In diesem Moment hatte ich auch keinerlei Sexfantasien im Kopf.

"Hallo!" schluckste eine bezaubernde Stimme. Diese Stimme verbog meine Wut aufs Äußerste. Ich wollte schon kleinlaut werden. Mein Zorn war dahin, etwas wie Entschuldigung, ich habe mich leider verwählt, flüstern, besann mich aber in einem hellen Moment eines besseren. Was habe ich damals gesagt? "Ich wollte nur sagen, dass ich ihres Lärmes wegen nicht einschlafen kann." "Das tut mir aber leid." säuselte es durch die Telefonleitung und danach fing die Frau an, furchtbar zu weinen.

Ich weiß nicht, wie man am Telefon so heulen kann. Es war wirklich unglaublich. Ich hing am Telefon, machte keinen Ton, und sie heulte und heulte. Das ging minutenlang so. Die Betroffenheitsphrasen fehlten, und ich wunderte mich selbst ein wenig. Irgendwann kamen dann wieder Worte von drüben. "Können sie mich verstehen?" "Ich verstehe dich sehr gut!" gab ich ihr zur Antwort. Ich würde ihr auch gerne bei der Wohnungsrenovierung helfen, ich wäre so was wie ein geschickter Handwerksbursche. Die Arbeit ließe sich so leichter erledigen. So könnte man den Lärm zeitlich stark einschränken, und ich könnte danach schnell, auch zufrieden und ohne Sorgen einschlafen.

Der Dreifache tat seine Wirkung, und ich war schon drauf, ein Fortsetzungsgetränk zu kippen, wäre der Weg zu meiner Zimmerbar nicht weit und beschwerlich gewesen. Doch, ich tat's. Mit getrenntem Telefon in den Händen erhob ich mich vom Bett, ging zum Schrank und goss, zu ihr irgendetwas redend, etwas ein, für die die Bezeichnung Doppelter nicht unzutreffend gewesen wäre. Es ist immer leicht, auf die Wunder des Alkohols zu warten.

Passend für die unwirkliche Szenerie wäre nun gewesen, wenn sie wieder begonnen hätte zu weinen. Ich hätte mit Geduld weitere fünf Minuten ihrem Schluchzen zugehört und mich neuen Wirkungen angepasst. "Kannst du nicht noch ein bisschen weinen, ein klein wenig wenigstens!" Ich war mir sicher, in diesem Augenblick würde sie versuchen, mich ungläubig anzusehen, hysterisch auflachen. Aber nichts, sie schluchzte nicht so ungehemmt wie zuvor. Es überraschte mich schon fast gar nicht, dass ich meine Scrabble-Sanduhr drehte und wettete, dass sie das Zeitlimit überschreiten würde. Ich verlor.

"Endlich!", sagte ich scheinheilig; mit dem wenigen Etwas an Selbstkritik, das mir an diesem Abend verblieben war, krochen Gedanken in mein Bewusstsein, wie dass irgendeine Art von perfidem Sadismus mich übernommen hätte.

Ich komme mit meiner Erzählung ins Stocken, ein vorsichtiger Zensor, beauftragt von meinen Keimdrüsen, schaltet sich ein: Vergraule Yvonne nicht mit deinem Stuss, mit deiner wahren Art, mit deiner seltsamen Art. Nun ja, was heißt schon wahre Art? Es ist bequem, alles als Rollenspiele abzutun. In jeder Situation, für jeden Zuschauerkreis greift man zu vermeintlich Bewährtem, Eingeschliffenem. Manchmal ist der Kreis auf mich selber beschränkt, einem Kreis, dem man manchen Stuss zumutet.

Ich gieße Yvonne schnell Wein nach, lächele ihr zu, toaste ihr zu, warte ab, bis sie zu Ende genippt hat. Nein, sie schüttet mehr, als dass sie nippt.

Hier sollte nun ein anderer (Erzähler) zu Wort kommen, vielleicht Yvonnes Psychotherapeut, wenn sie denn einen hat, ihr Mann, sie selbst, jemand, der genaueste Kenntnisse über ihr Befinden hier und jetzt hat. Vielleicht so: "Ich will ihn haben!" Das traue ich ihr zu, nicht viel mehr sonst. Trotzdem ich fürchte, dass ich mir die Partie - und mehr ist das nicht – verderbe.

"Wie findest du die Geschichte?" frage ich. "Es war wirklich etwas verrückt!" "Du hast sicher auf etwas gewartet, dass dich aufgeilt. Etwas von feuchten Schwanzspitzen." Sie nimmt nochmal einen kräftigen Schluck, lächelt mir wieder zu und sagt mit süßestem Akzent: "Ja, wie du sie zum Ficken rum gekriegt hast!" Ich erröte nicht, statt dessen: "Woher weißt du, dass sie nicht mich rumkriegen wollte?" Ich will schon ärgerlich folgern: "Vielleicht wollte hier keiner keinen rumkriegen" und bin mir bewusst, eigentlich will ich Sexuelles nicht am Tisch haben.

Ich kann die unglaubliche Geilheit von Yvonne nicht nachvollziehen. Sie zelebriert die Geilheit. Sie hat nun schon öfters den Punkt erreicht, an dem mir jede Lustfreundlichkeit entwichen war. Ich neige zu Trotzreaktionen. Vielleicht will ich in diesem Spiel um den Götzen Lust nicht der Verlierer sein, und darum entziehe ich mich trotzig diesem Spiel, stelle mich auf das Spiel Spielverderber ein, dass bisher niemand so gut spielte wie ich.

Natürlich habe ich Lust Erotisches zu erzählen, aber meine Geschichten wirklich nur auf das eine zu reduzieren, könnte mich auf die Palme bringen. Vielleicht langweilt mich Yvonne schon? Eine Zeit lang sage ich gar nichts und wundere mich über meine Widersprüche. Ich giere meist nach Sex, der sich zu oft nur in meiner Phantasie abspielt. Ich könnte froh sein, eine Frau wie Yvonne getroffen zu haben und lieben zu dürfen.

Irgendetwas findet diese Frau an dir, und mit ihrem holländischen Akzent konzentriert sie sich auf das Wesentliche, und sie weiß sich wohl eins mit mir, allen anderen geilen Weibern, Machos und Softies, ein unbesprochener Konsens über das Wesentliche.

Aber verdammt, so wie sie verbal auf mich und meine Geschichten reagiert, könnte man glauben, ich wär ein austauschbarer Hengst. Ja, und ich vermisse in ihren kurzen Kommentaren, in ihren Worten Anzeichen, dass sie meine Person wahrnimmt, und auch bei meinen amorösen Begebenheiten möchte ich ein wenig Verständnis für mich, etwas Sympathie und etwas Liebe für den ganzen Kerl nicht missen.

Ohne Zweifel, Sympathie zeigt sie genug, aber mir ist nicht klar, ob der Schwanz, der Körper der Träger ist. Nun gut, sind wir also im Zweifel für die Angeklagte. Das etwas Liebe könnte sich als vorübergehende Begeisterung für etwas Neues herausstellen. Verständnis? Bei der Beantwortung meiner Frage beginne ich zu zögern. Statt dessen halte ich Ruhe, versuche nicht, bei ihr Unverständnis zu provozieren.

Immer größere Teile meines Bewusstseins saugen am Anblick ihres roten, kleinen Mundes und ihrer Stupsnase. Ich genehmige mir einen versöhnlichen Schluck am Glas, gucke ihr in die Augen, schließe kurz meine und bringe ein entspanntes Lächeln. So gefalle ich ihr besser. Keine Bange Mädchen, ich werde dir noch heute Abend erzählen, wie es zur Liebe in Zimmer 1135 kam. Ich werde das Geheimnis lüften.

Ich habe sie gefragt, ob ich ihr bei der Renovierung des Hotelzimmers helfen könnte, die Arbeit wäre so schneller erledigt, die Hotelgäste könnten frühzeitiger aufatmen, und auch ich käme früher zu Ruhe. Sie kicherte am anderen Ende und fragte mich dann ungläubig, ob ich ihr wirklich helfen wollte. "Ich wüsste nicht, was ich lieber täte!" schleimte ich, und vor Augen hatte ich einen nackten, halbtrockenen Po, den ich mir wünschte.

Ein trockener, erkläre ich Yvonne den Kompromiss ist ein draller, großer Hintern. Es war mir nach einer Nummer kleiner. Yvonne unterbricht und fragt interessiert: "Ich dachte, du liebst kleine Knackärsche wie meinen!" Ich bin nicht um eine Antwort verlegen. "Früher hatte ich einen bestimmten Geschmack, das Hinterteil musste mir ins Auge springen, das Bestimmende der Frau sein. Große Voluminösität des Gesäßes war quasi Fruchtbarkeitssymbol und stärkste Anregung meiner sexuellen Wünsche. Es war die Übertreibung.

Heutzutage wechsele ich die Speisekarte, genieße alle Klassen und entwickle phasenweise Vorliebe für den einen oder anderen. Die gleiche Vielfalt des Geschmacks besitze ich bezüglich der weiblichen Brüste. Große und kleine haben ihren Reiz. Yvonne scheint zu verstehen. "Und wie war ihr Arsch?" "Etwas größer als deiner, nicht so kugelig!" Ich erbat mir eine Wegbeschreibung zu ihrem Zimmer, was im Grunde lächerlich war, aber ich hatte Lust die Absurdität unseres Gesprächs fortzusetzen.

Sie gab sich spürbar Mühe, mir den Weg zu beschreiben. Ich glaube, sie vermied dabei jede Zimmernummer. "Ich mache mich dann auf den Weg." sagte ich ihr. Ein kleiner Umweg führte mich zu dem Kondomautomaten im Keller. Wie immer bei solchen Gelegenheiten prüfte ich, ob ich beobachtet wurde. Nicht dass ich dies vermeiden wollte! Im Gegenteil, ich möchte als verantwortungsbewusstes und kopulierendes Mitglied der Gesellschaft anerkannt werden. Am Liebsten ist mir, bei diesen Automatenaktionen von einer Dame beobachtet zu werden.

Kurzum, ich wurde nicht bemerkt und programmierte den Aufzug. "Willkommen in der Lustetage" hätte es vor dem Öffnen der Tür aus dem Bordlautsprecher tönen müssen, aber der Aufzug verhielt sich diskret und normal, wohl auch um die anderen Fahrgäste nicht zu belästigen, zu belustigen oder zu beunruhigen. Ich stand still in meiner Ecke, nahm nicht gewahr, ob das ältere Paar meinen Gesichtsausdruck inspizierte, noch ob durch diesen meine Vorhaben für den Kenner oder jeden offensichtlich wurden. Ich war etwas nervös, erregt.

61

Der Aufzug gab keinen Kommentar von sich, als ich ausstieg. In dieser Nacht hatte ich keine Zeit, Gedanken darauf zu verschwenden, was diese alten Leutchen um diese Zeit auf den Beinen hielt. Die Lustetage glich meiner. Hier aber hingen mehr Monetdrucke als auf meiner, während meine Ziel jedes Van Gogh-Liebhabers dieses Hotels hätte werden können. Ich mag eher die Leichtigkeit von Monet und nahm mir vor, demnächst eine Kunstexkursion im Hotel zu unternehmen, um das wahre Ausmaß an Kultur in diesem Koloss kennenzulernen. Bei zwölf Etagen gibt es jede Menge zu sehen.

Yvonne zeigt sich wieder leicht irritiert. Ich schlage ihr wohl besser nicht vor, mit mir gemeinsam diesen unvergleichlichen Kunstgenuss nachzuholen. "Magst du Kunst?" frage ich sie. "Oje, ich habe mich als Kind im Museum immer gelangweilt und Kopfschmerzen gekriegt!" So ging es mir auch, im Erwachsenenalter änderte sich das aber, ich konnte einigen Ausstellungsstücken und einigen Besucherinnen größte Aufmerksamkeit schenken.

"Hast du denn schon mal Lust gehabt, einem Künstler als Aktmodell und Muse zur Verfügung zu stehen?" "Das wäre sicherlich geil, aber ich hätte Angst, in meinen Posen nicht ausharren zu können. Du darfst dich dann nicht bewegen. Ich weiß nicht. Ich würde vielleicht lieber einem Fotografen vom Penthouse Modell stehen oder so was, das geht schneller, und die Jungs sind clever und sehen meist gut aus." Meint sie, alles Vorurteile!

Die Vorstellung, Yvonne in einem Museum zu entdecken, einen Akt oder Yvonne als Bunny in der Zeitschrift turnen mich an. Hemmungen hat die wohl keine. "Wäre doch was, Yvonne, wenn du in einem Museum hängen würdest." "Vielleicht würde ich ein Strichmädchen sein!" "Das heißt Strichmännchen." berichtige ich sie. "Aber bei deiner ewigen Lust wirst du vielleicht noch ein Strichmädchen." Ich verkenne einfach das Berufsbild. Die Qualifikation Lust ist bei diesem Job eher hinderlich.

"Du wärst ein überqualifiziertes Strichmädchen!" "Wie meinst du das?" fragt sie neckisch, und dann: "Ich hab das schon mal gemacht!" Das hätte sie mir besser nicht erzählt oder doch? "Das hättest du mir besser nicht gesagt. Erzähl mal!" "Erzähl du mir erst mal deine Geschichte mit deiner Nachbarin zu Ende. Die hat ja noch gar nicht angefangen."

Yvonne würde sich also gefallen, millionenfach in einer Zeitschrift abgelichtet zu sein, und eine Nutte ist sie auch. Der Spießer in mir ist erregt. "Ich habe dreimal angeklopft." wechsele ich das Thema. Ich gieße zum wiederholten Male mein Glas voll und gönne mir einen großen Schluck.
Meine Nachbarin hatte verheulte Augen. Schon vom ersten Eindruck an wirkte sie auf mich hilflos. "Guten Abend, ich bin ihr schlafloser Nachbar." stellte ich mich vor und streckte selbstbewusst meine rechte Hand aus, um sie einem ca. 165cm großen, scheinbar verwirrten Menschen zu geben. Sie trug langes, gewelltes Haar, typische Hennafarbe, hatte wunderschöne braune Augen, die mich ängstlich oder vielleicht nur aufmerksam betrachteten. Aus ihrem erdbeerfarbenen kleinen Mund kam mir eine Fahne entgegen. Gewisse Körperteile waren eher als voluminös zu bezeichnen, ihr Busen, unter einem grünen T-Shirt verborgen, wirkte beeindruckend. Sie trug keinen BH. Auf ihr Hinterteil, das in einer schwarzweiß gestreiften Leggins war, bin ich schon einmal kurz eingegangen. An ihm war nichts Außergewöhnliches, eben ein schöner Frauenhintern, der, wenn man sich darauf einlässt, einen überaus geil machen kann. An den kleinen Füßen trug sie Jesuslatschen, keine Pumps, so wie ich sie kannte.

Ich schaute mich in ihrem Zimmer um, ob ich ein Paar der Ruhestörer entdecken könne. Sie hatten mir auch jede sexuelle Ruhe genommen. Ich konnte leider kein Paar erkennen und ich bekam schon Zweifel, ob diese verheulte Frau meine Frau mit den Stöckelschuhen war. Dieses Wesen hatte mich also tagelang beschäftigt, erotische Phantasien und Masturbationen ausgelöst. Mein Ausgeliefertsein bewirkte, aus ihr in meiner Vorstellung eine sehr dominante Frau zu machen, die sich ihrer sexueller Macht und Wirkung bewusst war und sie zu ihrer Lust anwendet. Stattdessen eine sehr schwache Frau in Sandalen, und ich fragte mich, ob dieses keine 60 Kilo schwere Wesen überhaupt diese Klack-Klack-Geräusche zustande bringen könnte. Sicherlich, es ist wohl keine Frage des Gewichts, sondern der Absätze.

Nun hätte eine der üblichen Urlaubskonversationen folgen müssen. Wie einem Hotel, Meer, Land und Leute so gefallen. Ich neige bei dieser Art von Gespräch, mich über meine gesammelten Pauschalreiseerfahrungen auszulassen. Ja, in Mallorca habe ich für mindestens 300 Mark weniger ein ebenso gutes Abendbuffet bekommen, und Ähnliches. Dies und das könnten besser sein. Die Gespräche enden meist damit zu verweisen, wie viele Tage man noch hat.

Ich fragte nach etwas zu trinken, etwas Gehaltvollem. Meine Abstinenzlervorsätze für diesen Abend existierten nicht mehr. Sie bot sich und mir einen Pernod an. "Dein Wievielter ist das heute Abend?" fragte ich sie etwas unverschämt. Vertrauensvoll sagte sie mir, dass dies ihr Erster sei, und schaute mir in die Augen. Ich glaube, sie war in diesem Moment sehr von sich überzeugt. "Wie heißt du denn?" fragte ich sie weiter. "Margret, und Du?" war ihre Antwort.

Das war also Margret, die es zu erobern galt. Eigentlich gab sie ein so jämmerliches Ziel ab, dass sich jedes Erobern erübrigte, wenn nicht ihr Körper, quasi autonom und äußerst reizvoll, mir Gegenteiliges signalisiert hätte. Er wirkte doch sehr ansprechend, sprach mein Innerstes an, provozierte mich zum Gegenschlag, enthob mich ein wenig aus meiner Überlegenheit. Was sie sich denn gedacht hätte, die Ruhe der Hotelgäste um diese Uhrzeit zu stören, fragte ich. Ich weiß nicht, warum ich solches fragte. Diese Art von Fragen war sicher nicht geeignet, unser Zusammentreffen angenehmer zu machen. Es kam einfach so aus mir raus, unbedacht und destruktiv. In diesem Moment wollte ich bestimmt den Macker spielen, unserem Unverhältnis noch eins draufsetzen. Vielleicht war es die Ouvertüre einer sadistischen Schikane, zu der es dann nicht kam, weil ich mich eines Besseren besann, nicht zuletzt, weil ich kein Unmensch bin und nicht zu sadistischen Ausschreitungen neige. Ich spiele mehr in Gedanken mit Ansätzen, aber diesmal ..., die Frage war einfach zu blöd.

Schon wieder bin ich am psychologisieren und wollte dies doch in Yvonnes Namen vermeiden. Margrets Reaktion ist eindeutig, sie beginnt wieder zu weinen. Mir vergeht jeder Gedanke an Absurdität, nehme sie in meine Arme und drücke sie etwas an mich. Sie lässt es geschehen, und mir wird's warm ums Herz. So habe ich mir also Berührung erschlichen. Margret ist schön, jung, aber von einer Modelkarriere trennen sie fast 20 cm.

Sie hatte sich wieder etwas beruhigt. Die Arme hatten sich schon längst gelöst, da sprach ich sie auf ihren Zustand an, vorsichtig und möglichst einfühlsam, in Aussage und Ton. Sie begann zu erzählen, und es begann ein Redefluss, der sich nicht so leicht stoppen ließ. Aber ab und zu unterbrach ich doch und machte einen kleinen Witz, und irgendwann wollte es die Situation, dass ihre Stimmung umschlug. Sie begann zu lachen, zu kichern. Eine heitere Ausgelassenheit nahm von ihr, aber auch verstärkt von mir Besitz.

Traurige Sachen hatte sie erzählt, ihr Selbstwertgefühl war am Boden. Ich will Yvonne die Einzelheiten ersparen, will sie doch eigentlich nur Erotisches von mir hören. Es könnte nun die Hauptspeise serviert werden. Ich hatte Seehecht nach baskischer Art bestellt, und der könnte berechtigt meine Erzählung etwas bremsen. Nur nicht zu viel nachdenken, sonst komme ich mir noch als Alleinunterhalter vor, und dieser Gedanke könnte mich wieder bockig machen. Einen herzhaften Lacher Yvonnes mache ich mir zunutze und erzähle ihr, wie ich zu weiteren Angriffen, zum physisch angenehmen Teil des Abends überging.

Ich vergewisserte Margret, dass sie ausgesprochen attraktiv aussähe, jawohl ihr Hinterteil hätte eine gerade beunruhigende Wirkung auf mich. Als kluger Psychologe vermied ich es, von ihrem größeren Busen zu schwärmen, da ich gehört habe, dass Frauen mit sehr großer Brust diese eher als Übel betrachten, Komplexe aufbauen und sie sich am liebsten wegoperieren lassen würden, wenn's nicht so riskant und teuer wäre. Ich wusste nicht, wie Margret da drauf ist, und blieb daher mit meinen Komplimenten erstmal bei ihrem Hintern, der nicht übel war, um nicht zu sagen, phantastisch.

"Dein Hintern ist absolut süß. Eine Sache, die mal gesagt sein sollte." Etwas beschwipst kam aus ihrem Mund: "Man dankt für das Kompliment. Willst du ihn näher betrachten?" Hatte sie wirklich gesagt: Willst du ihn näher betrachten? Nein, sie hatte einfach nur gefragt, ob ich einen weiteren Drink wollte. "Weißt du, was ich gerade verstanden habe?" fragte ich sie, um den weiteren Ablauf auf die gleiche Schiene zu bringen. Sie lachte mich an, fragte, und bevor es mir peinlich wurde, schob ich schnell nach: "Willst du ihn näher betrachten?" "Was soll ich näher betrachten?" fragte sie lachend. Es war herrlich, dass die Frau nun in anderer Stimmung war. Ich verhielt mich gönnerisch: "Alles, was du willst!" Ich glaubte, nicht den Kontext von "Willst du ihn näher betrachten?" ihr klarmachen zu können. "Welche Farbe hat deine Unterhose?" fragte sie mich. "Bitte überzeug dich vom Farbenreichtum meiner Unterhose." Ich zog einfach meine Schuhe und meine Jeans aus. Mein Slip war einfach schwarz mit einem weißen Bund. Mein Penis war etwas erigiert.
 "Das sollte ich mir also ansehen." witzelte sie. "Eigentlich würde ich gerne von dir eingeladen werden, dich zu betrachten!" Ich hoffte, sie würde nun mit so irgendetwas wie, bei mir gibt's nichts zu sehen, kommen. Erotische Situationen sind oft banal, besonders wenn sich Neues anbahnt, man stolpert sich in eine Affäre hinein, spätere Wiederholungen bringen Routine, aber auch Lieblosigkeit und Abstumpfendes mit sich.
Beherzt sagte sie: "Mein Herr, ich lade sie ein, mich zu betrachten. Schauen sie mich gründlich an. Sie sagten, mein Hintern gefiele ihnen, dann sollen sie ihn ausgiebig betrachten dürfen." Hatte sie das wirklich gesagt? Sie stand auf, stellte sich in Pose, drehte sich um neunzig Grad, sodass sie mir ihr Profil zeigte. Ihr Busen war der Blickfang. "Köstlich, die Rundungen deines Pos." Vielleicht war sie ja gar nicht so eine, die ein Zuviel an Busen, iwo, es gab kein Zuviel. Sie war vielleicht gar nicht so eine, die unter ihren großen Titten litt. Weitere neunzig Grad

Drehung, der Busen war verschwunden und keine Ablenkung mehr für das famose Hinterteil.

Yvonne guckt mich wieder einmal ungläubig an. "Ja Yvonne, ich übertreibe nicht." Etwas abseits von meinem Großhirn formte sich der Gedanke: Jetzt müsste sie strippen. Ein Striptease. Sie begab sich zur Hotelzimmerwand und konnte nun ihr Hinterteil ausstrecken, indem sie sich beugte. Einen Moment lang erinnerte sie mich an Anja, einer Frau, mit der ich mehrere Jahre gegangen war, und deren Lieblingsstellung es gewesen war, sich an irgendwelchen Wänden in Pumps nehmen zu lassen. Yvonne unterbricht mich und bittet mich, später etwas über Anja zu erzählen. Nein Yvonne, das werde ich nicht tun. Nein, ich werde nichts von Anjas erzählen, nichts von dieser Anja.

Ich saß in Unterhose auf dem Hotelstuhl und wartete auf eine Steigerung der erotischen Darbietung. "Margret, es ist Stripteasezeit." Margret wendete mir ihr Gesicht zu und äußerte lakonisch. "Ich kann nicht tanzen. Außerdem haben wir hier keine Musik." In meinen schlimmsten Befürchtungen begann sie wieder zu flennen. Nein, ihre Stimmung schien stabil. Zu einem Striptease kam ich heute nicht.

Eine Idee! "Du weißt, du siehst bezaubernd aus Margret. Was hältst du von einer Fotosession? Wir bringen dich ganz groß raus! Einverstanden?" "Du willst Nacktfotos von mir machen?" fragte sie naiv und gar nicht böse. "Ja, würde ich gerne." erwiderte ich. "Ich bräuchte natürlich eine Genehmigung!" "Die hast du!" konterte sie. "Dann hole ich eben meine Kamera." Ich zog mich an und verschwand aus ihrem Zimmer.

"Wie war's?" begrüßte mich der Aufzug. "Aufzug, ich kann dir sagen, es ist alles ein großer Rausch. Willst du mehr Details wissen?" Der Aufzug entzog sich meiner Direktheit. Margret hatte einen großen Busen, eine gute Figur, ein nettes Gesicht, und mir stand bevor, diese Göttin zu fotografieren. Margret war nett und von ihrem Wesen alles andere als eine Göttin. Etwas hilflos, zerbrechlich, etwas launisch. Es war schon gut, dass sie mir ihren Körper entgegensetzte, einer der mich in Schach hielt. Sie war die typische Frau, die sich von irgendeinem dahergelaufenen Typen ausnützen lässt, darauf wartet, sich ausnutzen zu lassen, von einem Mann zum Nächsten. Von einem Menschen verbraucht, abgestellt für einen anderen.

In diesem schon eher besoffenen Moment kamen mir diese halbwegs nüchternen Einschätzungen. Mein etwas spielerisches Verhalten am Telefon hatte in mir jeglichen Größenwahnsinn gefordert, und als Größenwahnsinniger überschätzt man sein eigenes Einschätzungsvermögen und neigt dazu, die Souveränität anderer zu unterschätzen, zu übersehen. Margret hatte offensichtlich Probleme, war vielleicht krank, irgendwie hysterisch, vielleicht einfach nur verrückt und so wahnsinnig süß. Jedenfalls war ich gefangen und alles andere als Herr der Situation.

Sie wollte Aktfotos, die konnte sie haben. Aus Laune wünschte ich mir einen Striptease, statt dessen bot sie mir an zu fotografieren. Ich vergesse, Yvonne zu erzählen, dass ich spätestens nach ihrer Offerte einen erregten Ständer hatte, es zog und prickelte in ihm. Diesen Zustand rettete ich in den Aufzug hinüber. Ich war allein mit dem Aufzug und dem Ständer, beide waren sie still. Ich wollte Aktfotos, jedem das, was er verdient. Aktfotos der besonderen Art, meiner Art. Es bestand sowieso die Gefahr, dass alles entglitt.

Ich finde es traumhaft, wenn eine Frau strippt, um so geiler wäre es, Momentaufnahmen der Tänzerin festzuhalten. Margret konnte also nicht tanzen, schade eigentlich. Aber das entstammte einer Selbsteinschätzung, die zumindest fragwürdig war. Sie traute sich aber zu, Position zu beziehen. Ich versuchte, mir Positionen vorzustellen, die besonders geil waren, neckisch sollten die Einstellungen werden und ein gewisser künstlerischer Anspruch hat mich mein ganzes Leben geplagt. Ich versuchte, aber dabei kam wenig rum, stattdessen wurde ich immer aufgeregter.

Ich hatte noch nie Nacktaufnahmen gemacht. Etwas abgestumpft durch die kommerzielle Flut dieser Fotos werde ich nie vergessen, welche Anziehung von diesen Bildern auf mich ausging, besonders in den Tagen meiner Pubertät, die mit einer Liberalisierung von Sex und seiner Darstellung zumindest im kommerziellen Bereich begleitet wurde. Oh, wie haben diese unbekannten Göttinnen gewirkt. Die teilweise Enttabuisierung des "Nackten Körpers", besonders die des weiblichen brachte natürlich mit sich, dass das Tabu sich auf Bereiche des Privaten oder zumindest Prominenten zurückzog. Mit der Zeit stellte die anonyme Nackte im Wochenend oder im Playboy keinen besonderen Reiz mehr dar, es sei denn, man war sehr ausgehungert. Man konnte quasi über die tausendfachen Schönheiten mit Kennerblick vorüberblättern, sozusagen mit Kennerblick. Sah man jedoch eine Prominente nackt, schaute man dreimal hin, und von halbnackten Megaschauspielerinnen, man sagt Superstars, ging zumindest für mich etwas Fesselndes aus. Nur wenige Superstars, mit Ausnahme der dann aufkommenden Pornosuperstars, ließen sich so ablichten. Es war immer noch ein Tabubruch mit dem damit verbundenen Kitzel. Nach zwanzig Jahren Sexshops und Pornokinos war es wohl für die meisten ein emotionales Abenteuer, private Sexaufnahmen beim nächsten Fotohändler entwickeln zu lassen und nach drei Tagen abzuholen. Demzufolge wäre es für die meisten noch ein Abenteuer, solche Aufnahmen von ihren Partnern zu machen.

Ich gehöre zur Mehrheit. In meinem Zimmer angekommen genehmigte ich mir noch einen Whisky, um den Anstieg meiner Aufregung zu dämpfen. Nun gut, jeder mag sich ein Bild von alkoholischer Handlungsfähigkeit machen. In der obersten Schublade dieser wunderbaren Hotelmöbel befand sich die Kamera. Ich griff nach einem weiteren Film, obwohl ich noch mindestens zwanzig Fotos mit der Kamera ohne Austausch machen konnte. Ich hatte noch nie Aktaufnahmen gemacht. Ein guter Geist gab mir ein, meinen Kassettenrecorder mitzunehmen, ein paar Kassetten.

So war ich für mein weiteres Leben gerüstet. Der Aufzug wunderte sich über gar nichts, kriegte aber vor Neid sein Maul nicht auf. Auch diesmal war ich allein im Aufzug, das war aber für die Uhrzeit normal. Yvonne gießt mir Wein nach und sagt: "Wenn wir zurück sind, mache ich für dich einen Striptease. Ich kann tanzen. Und wenn du willst, kannst du mich dabei aufnehmen. So was hast du noch nicht gesehen!" Auch wenn man mit jemandem am Tag dreimal geschlafen hat, ist das ein Angebot, das unmittelbar wirkt. "Du bist geil, Yvonne!"

Ich klopfte bei Margret leise an. Sie öffnete weinend. Was um Himmelswillen war wieder passiert. Sie war keine fünf Minuten alleine und schon wieder in Tränen aufgelöst.

Es hat Zeiten in meinem Leben gegeben, in denen ich ziemlich depressiv war, nicht nur, dass mir alle Frauen der Welt weggelaufen waren. Meistens wurde es von Situationen ausgelöst, die mich überforderten, wo sich zu schwierige Chancen auftaten, die gleichzeitig die momentane Situation in einem besonders düsteren Zerrspiegel reflektierten. Herausforderungen, die als zu schwierig empfunden wurden, sich aber als einzige Möglichkeit darstellten, die passend gemachte Gegenwart zu überwinden. Und wie unzufrieden war ich dann mit dieser Gegenwart. Verrückte Stimmungswechsel waren vorprogrammiert. Nun ja, ich bin nicht wie sie von Gelächter ins Heulen gestürzt. Nicht dies im Minutentakt, aber Überdrehtheit, Zynismus, der die eigene Verfassung als Ziel hatte, konnte dann zu einem nervösen Fastzusammenbruch führen, gefolgt von einem schweren Absturz.
Ich würde im Laufe der Nacht herausfinden, was mit ihr los war, Ursachen finden. Vielleicht hatte sie ja einfach nur einen Sprung in der Schüssel, würde mancher sagen, und manchmal gehöre ich auch zu diesen Vereinfachern. In dieser Nacht wohnten zwei Seelen in meiner Brust. Einerseits war ich geil und vergnügungssüchtig, was mich zu keinerlei Tiefgang veranlasste, andererseits waren Beschützerinstinkte geweckt, die auch eine gewisse Nachdenklichkeit erzeugten.

Leider habe ich nie einen Therapeutenkurs belegt, und meine Behandlungsstrategie rekrutiert sich erstmal aus vielen Fernseherfahrungen. Ich legte die Kamera ab und nahm sie an beiden Schultern, um sie zu schütteln. "Was ist los Margret?" Ich versuchte, ihre Traurigkeit zärtlich aus ihrem Körper zu schütteln. Vielleicht bewirkte das auch, dass ich ihren verwirrten Geist durchmischte, um eine andere Seite aus ihr raus zubekommen.

"Lass das!", meinte sie plötzlich, und mir schien, dass ich ein wenig Erfolg hatte. "Schau mal, das Spielzeug hier, eine wunderbare Kleinbildkamera von Olympus, mit der man gestochen scharfe Bilder machen kann. Scharfe Bilder von einer scharfen Lady." "So gefällst du mir schon besser." sagte sie, und das grenzte schon an Unverschämtheit. "So, jetzt will ich erstmal ein Lächeln von dir festhalten, auf dass es für immer erhalten bleibt."

Ich konnte manchmal richtigen Schwachsinn reden. "Du redest manchmal richtigen Schwachsinn." Ich sah, wir verstanden uns. "Trotzdem, give me a smile." Ich nahm Abstand von ihr, drei, vier Meter, der Autofokus der Kamera würde es schon regeln. "So, bitte lächeln!" Ich hielt den Sucher auf ihren Mund, auf dem die Folgen eines Lippenstiftes nicht zu übersehen waren. Er leuchtete, wenn man ihn nicht gerade durch den Sucher betrachtete. Sie streckte mir die Zunge raus, und ich löste zum ersten Mal aus. "Und nun eine Spur geiler. Mach eine geile Zunge." Das war dann Nummer zwei.
"Und jetzt zieh dich aus, nein, zieh dich erstmal um, zieh Strümpfe an, ein schwarzes Minikleid, einen schönen, weißen Slip, einen BH in gleicher Farbe." "Sonst noch Wünsche der Herr?" Ich habe meine Klischees. Jede attraktive Frau hat ein schwarzes Minikleid, in unserem Kulturkreis.

Yvonne macht einen süßen Schmollmund und sagt. "Ich habe auch ein kleines Schwarzes!" "Das glaube ich dir unbesehen, Yvonne." Yvonne schlägt sich den Bauch voll, und ich denke, dass sich unser opulentes Abendessen auf ihrem zierlichen Bauch vielleicht bemerkbar machen wird. Ich denke an eine bevorstehende geile Nummer von ihr. Einen Striptease will sie mir machen, wenige Monate vor seinem hundertjährigen Geburtstag. Er ist sicher in die Jahre gekommen, aber für mich ist er erst zwanzig Jahre alt, und so wie ich gestrickt bin, wird er nie seinen Reiz verlieren.

"Yvonne", sage ich, "das kleine Schwarze hatte ich diesen Urlaub schon. Du hast sicher noch anderes für deinen Strip." Ich hoffe, sie ist nicht beleidigt, dass sie ihres nicht vorführen soll. Und ob, denke ich mir als Antwort.

71

Margret kramte folgsam in ihrem Hotelschrank herum und verschwand dann im Badezimmer. Keine Zeit zum Däumchen drehen, Zeit zum geiler werden. Mit sich und der Welt zufrieden kam sie nach kurzer Zeit aus dem Badezimmer zurück. Wie paradox, sie hatte sich umgezogen, um sich gleich wieder zu entkleiden. Ach, ich habe meinen Kassettenrecorder, den ich mitgenommen hatte, vergessen zu erwähnen. Die Musik lief schon. "Margret, du hast vergessen, deine Pumps anzuziehen. Du weißt schon, die, die mich seit einer Woche erregen." Damit gab ich ein kleines Geheimnis preis.

"Seit mehr als einer Woche schon folge ich auf meinem Bett deinen Stöckelschritten und hole mir unter Einbeziehung meiner Phantasie einen runter. Das sollte mal gesagt sein." Ich hoffte, mich in diesem Moment nicht in eine zu schwache Position zu begeben. Ich schob ein Kompliment nach, als sie ihre giftgrünen Pumps mit sieben Zentimeter Absatz angezogen hatte. Das Kompliment war: "Ich hätte nicht gedacht, dass die Realität meine Phantasie soweit übertreffen würde." Ich hoffte, sie fühlte sich geschmeichelt. Sie zeigte sich von allen Seiten, und der Finger am Auslöser wurde nervös. Leider konnte sie ja nicht tanzen, obwohl die Musik dazu einlud. Nun, dann war sie nicht meine Stripteasetänzerin, sondern mein Fotomodell.

"Ich will das erste Foto von deinem Hintern machen! Lehn dich an die Wand und streck ihn schön zu mir raus, so als ob er mir was sagen wollte."

Dies sind die Momente, die sich vollkommen von denen der erotischen Isolierung unterscheiden, wo das erotische Vieleck, das erotische Universum auf ganz wenige Frauen zusammengeschrumpft ist und man diese nur flüchtig und sehr selten zu Gesicht bekommt. Ich habe meine Erzählung unterbrochen, versuche mich auf mein Essen und ein wenig auf Yvonne zu konzentrieren. Sie isst an einer Paella, was sonst. Ich befinde mich in einer Situation, die ich nicht anders als oversexed bezeichnen kann. Ich bin hier mit einer Niederländerin zusammen, einer Touristin, die scheinbar nichts anderes im Kopf hat als Sex. Die am ganzen Körper, mit ihrer Kleidung, ihrer Frisur und insbesondere ihrem Gesicht das Wort, die Sache Sex ausstrahlt. Und dieses geile Persönchen erwartet von mir, dass ich erotische Geschichten aus meinem Leben erzähle.

Ich esse an meinem Fisch und denke, dass das Leben ungerecht ist. Nicht nur dass die einen öfter die Sonnenzeiten mitbekommen als die anderen, nein selbst im eigenen Leben spielen sich Ungerechtigkeiten und Ungereimtheiten ab. Man schwelgt manchmal im Überfluss, ohne ihn vielleicht recht genießen zu können, und dann gibt es Zeiten, da darbt man vor sich hin. Während ich Yvonnes kauenden Mund betrachte, der für mich auch in diesem gefräßigen Moment einen Anziehungspunkt darstellt, besinne ich mich auf andere Zeiten, wo mein erotisches Universum zusammengefallen war, wo ich verlassen war, lange keinen Sex mit irgendeiner Frau hatte und ich schüchtern und selten die Gesichter von Frauen betrachtete und auf ein Lächeln hoffte.

Von einem Lächeln zum anderen vergingen Wochen, und das Universum schrumpfte erbarmungslos weiter. Ich weiß, und vielleicht ergeht es anderen ähnlich, das war, und in einer nahen Zukunft werden die Dinge, mein Leben grausam einsam sein. Vielleicht wird die Hand noch etwas regieren, vielleicht gibt es irgendwann auch eine Umkehrung des Prozesses. Zu Hause wartet niemand auf mich, ich habe Margret hinter mir gelassen. Dazu wäre noch mehr zu sagen, und die kauende Yvonne wird sich vielleicht schon morgen einem neuen amourösen Abenteuer zuwenden. Nehmen wir die Dinge wie sie kommen und machen das Beste daraus.

Ich werde Yvonne weitererzählen, wie sich die vollbusige Margret langsam auszog. Meine Geschichten reichen mindestens bis morgen früh. Außerdem möchte ich mich auch an Yvonnes Geschichten aufgeilen.

Die Schönheit mancher Frauen ist atemberaubend. So könnte ich meine Erzählung abschließen. Geht in die Welt hinaus und erobert sie. Manchmal reicht auch der Weg zur Kneipe in der Nachbarschaft oder zumindest ein Pauschalreiseangebot der TUI, wie hier in meinem Fall.

Margret war wild entschlossen mir und meiner Kamera ihr Lächeln, ihre Beine, ihren Po, ihre Brüste, ihre Scham zu präsentieren, um sich schließlich von mir nehmen zu lassen, da war ich mir sicher. Leider konnte sie nicht tanzen. Yvonne würde in nichts nachstehen. Was will man mehr? Yvonne hat die Absicht, mir ihre Tanzkunst zu zeigen. Meine Erzählung, mein offen eingestandener Voyeurismus hat mir ihr offenherziges Angebot, einen Striptease zu machen, eingebracht. Ich wiederhole: Was will man mehr als pauschal reisender Tourist?

Und vielleicht hat Yvonne, mein Luxusweibchen aus den Niederlanden, eine dieser kleinen, handlichen Videokameras, mit der ich ihre tänzerischen Verführungskünste aufzeichne. Dann müsste ich nach meiner Rückreise unbedingt einen Videorecorder anschaffen. Ich bin ein Gelegenheitsvoyeur ohne nennenswerte Ausrüstung. "Yvonne, hast du einen Camcorder dabei?" Sie verneint leider. Damit wäre das Thema gegessen. "Ich hätte Lust von dir Aktaufnahmen zu machen, eine Großaufnahme von deinem süßen, kleinen Arsch, sodass man alles sehen kann. Ich finde das sehr lebensbejahend. Du bist für mich der Star!"

Solch erhebende Dinge sage ich selten. "Erzähle mir von deiner Hurenvergangenheit. Mache mich geil, erfülle meine Träume. Strippe! Necke mich, bis ich vor Geilheit nicht mehr kann. Zeige mir dein Bestes. Zeige dich von allen Seiten!" Schön pathetisch kann ich reden im Suff. Schön pathetisch, und öfters über etwas, woran ich nüchtern nur zu denken wage. Es ist ein Augenblick der Befreiung, ich äußere Wünsche, zeige mich und meine Vorlieben ohne jede Verlogenheit.

Zu oft in meiner Vergangenheit war ich in der Situation, es nicht zu wagen, Wünsche zu äußern und verstohlen ein wenig an sie zu denken. Statt dessen würde ein durchschnittlicher Sex passieren. Oft habe ich mich auch zurückgehalten, weil ich dachte, die Extras würden meiner Geliebten eine lästige Pflicht sein. In einer Beziehung besteht zudem die Gefahr, dass man seine Wünsche ausreizt, meine Wünsche konnte man leider immer an einer Hand abzählen, und eine zu häufige Gewährung meiner Wünsche hätte vielleicht eine gewisse Langeweile mit sich gebracht. Es hat also auch durchaus eine Richtigkeit, seine Wünsche zurückzustellen. Ein bisschen bleibt dann auch der Wunsch, dass man seinen speziellen Traum unausgesprochen bekommt.

Heute Abend werde ich mir noch alles rausnehmen. Yvonne spielt sicher mit, und es wird ihr höchstes Vergnügen bereiten, ihren Hintern, der noch halb durch einen Minislip verhüllt sein wird, verführerisch zu bewegen. Und dann wird wohl die klassische Situation eintreten, die wir Männer schon millionenfach sehen durften. Yvonne streckt ihren Hintern zu mir. Der Moment ist gekommen, der Po bewegt sich vielleicht nur noch langsam, und gekonnt zieht sie ihr Höschen runter. Ich freue mich darauf. Dann wird es diese technische Unterbrechung geben, wo das Höschen über die Knie gleitet, wo alles Tänzerische eigentlich zwangsläufig stoppen muss. Aber dann kann das Höschen fast achtlos beiseite geschmissen werden und die tänzerische Darbietung kann weitergehen.

Was nun folgt, kann nur noch als sehr gelungene Aufforderung zum Geschlechtsakt verstanden werden. Vielleicht schnappt sich Yvonne ja auch noch ein Tuch und macht's nochmal richtig spannend. Letztendlich bleibt die Aufforderung zum Sex, die Spannung ist ins Unermessliche gestiegen. Nein, ich glaube nicht zu übertreiben. An irgendeinem Punkt werde ich nicht anders können, als: "Ich will dich jetzt!" oder irgendetwas Ähnliches stammeln. Und wenn ich nicht wie heute schon mehrfach zum Schuss gekommen wäre, würde ich mein Pulver sicherlich schnell verschießen.

Ich proste Yvonne zu. Es sind wohl ein paar Minuten vergangen, ohne dass in unserer Runde gesprochen wurde. Ich hatte sie gefragt, ob ich ihren göttlichen Körper auf Fotopapier festhalten dürfte. Hatte sie mir geantwortet, auf Flämisch, auf Deutsch? Nein sie hatte ihren roten Mund zum Kussmund zusammengezogen, die Augen geschlossen und in einer Art Entspannung Mund und Augen wieder geöffnet. Man kennt das. War das eine Antwort?

Yvonne fragt mich, wo meine Gedanken sind. "Was denkst du?" Beherzt entscheide ich mich zur Wahrheit. "Ich habe über deinen Striptease philosophiert." "Du solltest den ausführenden Teil nicht im Dunkeln lassen." Derartige Formulierungen hätte ich Yvonne eigentlich nicht zugetraut. Sie ist wirklich spitz auf alles, was irgendwie mit Sex zu tun hat und aus meinem Mund kommt.

"Weiß du, Yvonne, der Striptease steht kurz vor seinem hundertsten Geburtstag. Das verpflichtet! Ich erwarte die Supershow und danach mache ich ein paar Erinnerungsphotos." "So habe ich mir einen Philosophen immer vorgestellt!" Yvonne, meine Philosophie des Strips füllt ein ganzes Buch und stellenweise fändest du das sicherlich langweilig. "Ich finde es interessant, über Striptease zu philosophieren. Keiner meiner Männer hat je über Striptease philosophiert!"
Keiner meiner Männer hat je über Striptease philosophiert. Diesen Satz musste man sich über die Zunge gehen lassen. Das war Balsam für meine angetrunkene Seele. Nebenbei hatte diese Seele mit kräftigen Müdigkeitsattacken zu kämpfen, die seit wenigen Minuten an meinen Nerven zerrten, wie angeflogen. "Yvonne, ich will ins Bett." Der Satz war gesagt, da war mir klar, Yvonne würde diesen Satz in ihrem Sinne interpretieren. "Nein, nein, Yvonne, ich will keinen Sex mit dir. Ich will ins Bett und schlafen, nicht mit dir, sondern sozusagen mit dem Bett."

Diese Idee greift sie auf. "Du schläfst also lieber mit einem Bett als mit einer kleinen, heißen Frau." Es wäre wirklich fatal, diese kleine, heiße Frau ist eine Erfüllung erotischer Träume, das Finale steht noch aus, und ich will ins Bett und meine Seele davonstehlen. Warum müssen wir schlafen? Ich bin sicherlich nicht der Erste, der diese Frage unbeantwortet stellt.

Yvonne setzt ein konspiratives Lächeln auf, das mich doch sehr verunsichert. Dies sind doch eigentlich Augenblicke kurz vor dem Ärger, der Resultat unbefriedigter Ansprüche ist. Sie hat den Anspruch, mich mit einem Striptease in den erigierten

76

Wahnsinn zu treiben, sie hat Anspruch auf einen schönen Abschlusssex, selbst mit mir. Denkt sie vielleicht, sie könnte mich mit ihrem göttlichen Körper munter machen. Stimmt, Yvonne hat eigentlich gar keinen göttlichen Körper!

O ja, ihr Körper kann einen sehr, sehr geil machen, ihre weiblichen Attribute sind zwar etwas dezent ausgefallen, aber irgendwo sehr unverschämt. In der Fleisch- und Gemüsesprache könnte man sagen: sehr knackig. Ja, man könnte Yvonne als sehr knackig bezeichnen, knackig dezent, nicht sonderlich groß, alles in allem sehr unverschämt. Sie ist wirklich nicht die klassische Vertreterin einer Sexgöttin, bei der man Größe an Brust, Hüfte und Absatz vermutet. Und dennoch war ihr Sex göttlich zu nennen. Oder vielleicht doch teuflisch?

Yvonne, das sexy Teufelchen, aber fairerweise müsste ich mir eingestehen, dass die Teuflinnen und Göttinnen gleichermaßen auf mich wirken. Ein Ketzer könnte sagen: "Alles das gleiche Geschmeiß." Wenn ich's mir recht überlege, kommt mir das alles recht schwachsinnig vor. Yvonne war halt ordinär göttlich. Dachte sie wirklich, sie könne mich mit ihrer Göttlichkeit aufmuntern?

Die Folge dieser Gedanken läuft recht schnell durch mein Gehirn und ist quasi schon etwas kontraproduktiv zu meiner Müdigkeit. Ihr Lächeln ist drohender geworden. Sie denkt doch nicht wirklich, sie könnte mit einem Tanz, mit ihrem Hintern in Bewegung, meine Geister wieder munter machen. Nein, Göttin Yvonne, wenn ich dir noch opfern würde, wär es ein reines Pflichtopfer, ein unfreiwilliger Kirchgang. Yvonne glaubst du daran wirklich?

"Yvonne, ich bin zu müde, um an dich zu glauben!" Es folgte ein lang gezogenes "Was?" Darauf tippt sie mit ihrem Finger bestimmt auf ihre Handtasche. Denkt sie vielleicht an Pariser, die vielleicht in ihrer Tasche stecken mögen. Hatte sie noch Pariser? Ich würde sie auch mal gerne ohne nehmen. "Yvonne, morgen, wenn ich ausgeschlafen bin. "Yvonne, morgen, wenn ich ausgeschlafen bin, machen's wir mal ohne, wenn nötig passe ich auch auf." Sie tippt immer noch mit ihrem göttlichen Finger auf ihre Tasche. Ich schaue auf ihre braunen Beine, auf ihre Hotpants, dann wieder auf die Handtasche.

"Ich hab was für die Naas dabei!" "Für die was dabei?" "Für die Naas!" Etwas irritiert greife ich zu meinen Fluchtsprüchen. "Danke der Fürsorge, ich brauche kein Taschentuch. Meine Nase blutet nicht." Yvonne hat etwas für die Nase dabei, die weder läuft noch blutet. Schlussfolgerung: "Du meinst Schnee, Koks!" "Genau!"

Bis auf Alkohol habe ich keinen Hang zu Drogen. In meinen jungen Jahren hatte ich einiges ausprobiert. Um feststellen zu müssen, dass es dies nicht war, hatte ich aus Neugier auch die härteren Sachen ein, zweimal getestet. Mein Wissen und meine Angst um den Verlust, ich drücke es mal so allgemein aus, hat mich nicht zum Wiederholungstäter gemacht. Nur beim Alkohol habe ich letztlich nicht widerstehen können. Ich überlege, ob ich mich vielleicht etwas interessanter machen sollte. Gegenüber Yvonne könnte ich jegliche Drogenerfahrung leugnen.
"Yvonne weißt du, wann ich das letzte Mal gekokst habe? Ich habe dir doch von meinem Stranderlebnis auf Ibiza erzählt. Die geile Alte, die ich in den Dünen nehmen durfte." Gibt es Dünen auf Ibiza? "Oh, hat die mit dir auch gekokst? Es potenziert meine Geilheit um einiges, mit Koks Liebe zu machen." "Oje und ich dachte, du wärst naturgeil!"

"Sicher bin ich naturgeil, Koks ist doch natürlich." konterte sie. Ich spiele Entsetzen vor. "Willst du behaupten, du hast mich die ganze Zeit angekickt geliebt. Viel geredet hast du ja eigentlich nicht." "Als du in den Keller gefahren bist, um Gummis zu ziehen, habe ich eine Nase genommen. Schlimm?"

Nein, nein, Yvonne, das war nicht schlimm. Ich verkneife mir, sie zu fragen, ob sie drogensüchtig ist. Ich verkneife mir, mich zu fragen, ob ich alkoholsüchtig bin! Statt dessen gebe ich eine weitere Story aus meinem Leben zum Besten.

"Ein Tag, nachdem mich die Frau am Strand verführt hatte, hat mein Zimmergenosse mich zum Koks verführt. Wir hatten uns rein zufällig getroffen, in der billigen Hafenabsteige war nur noch ein Doppelzimmer frei. Notgedrungen, irgendwie abenteuerlich, teilten wir uns das Zimmer. Wir waren beide Deutsche - er etwas jünger - und uns sehr fremd. Ich hatte die vierte Nacht mit ihm verbracht. Er erzählte mir von der Bedienung, die vom Black Sheep gegenüber, einer hübschen Frau, der ich schon einige Abende nachgestiert hatte. Ich fand sie schön.

Für irgendwelche dahergelaufene Schönheitsideale war sie vielleicht zu groß, wog sicherlich zu viel. Ihr großes Gesicht hatte schöne, braune Augen, die Haut eine passende Farbe, und ihre halblangen Haare waren, so glaube ich, brünett. Wenn ich an den lauen Abenden meine Flasche Rotwein schlürfte, auf, an einer Sitzgelegenheit draußen, verfolgte ich die flanierenden oder auch mehr hastenden Touristen, die Animateure der Großdiskotheken.
Die Touristen hatten mehr Geld als ich, und da das Vergnügen auf dieser Insel käuflich war, vergnügten sie sich mehr als ich. Und manchmal verfolgte ich die Dienstleistungen dieser Bedienung. Und ein paar Mal hatte sie mir zugelächelt. Ralf, der mich zum Koks verführte, meinte, sie sei eine Nutte. Eine Spanierin, eine recht große Spanierin; im Winter würde sie in einem Puff in Davos arbeiten. Danach fiel mir schwer, die Frau aus einem anderen Blickwinkel zu betrachten.
Er fragte bei der Frau nach Koks, bei der tauchte der obligatorische Rastaschwarze auf. Es war ja klar, das war der Dealer. Ich habe die Aussagen meines Zimmergenossen Ralf nie in Zweifel gezogen, für den Koks habe ich keinen Pfennig gezahlt. Ich habe mir damals nicht die Vorstellung gemacht, dass wir am Ende der Nacht die Nutte gemeinsam nehmen.

Angetrunken vernahm ich Ralfs Einladung zum Koks, so wie jetzt bei Yvonne. Nach Betätigung der Nasenmuskeln schwärmten wir in die betriebsame Fußgängerzone Ibizas aus, und ich weiß beim besten Willen nicht mehr, wie ich mich gefühlt habe. Aber an diesem Tag war ich immer noch der Größte, und so kam der Koks durchaus gelegen, um meine Gefühle zu unterstreichen und zu verstärken. Ich hatte und habe natürlich keine Ahnung, wie Koks wirkt, und meine regelmäßige Angesoffenheit ließ immer nur entfernte Ahnungen zu, die eigentlich als Erinnerung wenige Wochen später verblast waren. So würde es auch nach dem Versuch mit Yvonne sein.

Ich mache Yvonne auf diesen Umstand aufmerksam. Yvonne hat dafür kein Verständnis. "Das soll keine psychedelische Sitzung werden. Ich will einen geilen Bock." Das ist klar. Ohne viel Gegenwehr zu leisten, willige ich ein. Sie soll ihren geilen Bock haben. Her mit dem Zeug!

Wir zahlen die Rechnung und gehen zum Jachthafen. Dort soll ich die Prise nehmen. Doch etwas aufgeregt nehme ich einen kräftigen Zug. Ich kann keinerlei Aussagen über Güte oder Menge des Zeugs machen, aber danach geht's mir anders. Ich schlage Yvonne vor, auf eins der Segelboote zu gehen. Ich schlage ihr vor, sich da von mir ficken zu lassen. Jubelnd fällt sie mir um den Hals. "Komm, du darfst mich auf der Henriette ficken. Meine Muschi will deinen Schwanz!"

Ich weiß nicht, warum sie sich die Henriette ausgesucht hat. Jedenfalls müssen wir nicht ins Mittelmeer springen, um an Bord der Henriette zu gelangen. Sie misst mindestens 20 Meter. "Bevor ich dich ficke, Yvonne, erzähl ich dir die Geschichte mit Margret zu Ende. Natürlich nur, wenn du Interesse hast."

An diesem Abend scheinen die Sterne hell über dem Mittelmeer. Wir haben ein sicheres Plätzchen auf der Henriette gefunden. Hier lassen sich ein paar Stunden verbringen. Als Antwort auf meine Frage knöpft Yvonne meine Hose auf. Ud es ist fast anmaßend, wie sie sagt: "Du erzählst mir über den Sex mit Margret weiter, ja richtig, du hattest eine Kamera gehabt, und während du erzählst, blase ich dir einen." Und sie nimmt wieder ihren Lippenstift.

Ich hätte die spanische Nutte gerne gehabt. Nach meinem Kokserlebnis lag ich im Bett, lag ausgezogen auf dem Bett und griff nach meinem versteiften Schwanz. Ich stellte mir vor, wie Ralf und ich die Nutte ansprachen, wir bestellten ein Whisky-Cola nach dem anderen, guckten auf ihren Arsch, der sich in einer verfransten Shorts befand, ihre braune Beine, ihre nicht dünnen Oberschenkel, ihr Türkis-T-Shirt, unter dem sich die schwere Brust abzeichnete. Sie wippte, wenn die Nutte sich bewegte und ihre Biere den Gästen auf die Tische stellte.

So hatte ich mir immer eine Traumfrau vorgestellt. Ich konnte ihr Alter schlecht schätzen. Mein erotisches Erlebnis am Strand am Vortag machte mich fordernd, verlangend, größenwahnsinnig und übermütig. Während meine Blicke der großen Schönheit folgten, aber dennoch, ich bin größer als sie, sie wird etwa um die einsachzig groß sein, erzählte ich Ralf mein letztes Abenteuer. Der Koks wirkte noch und ich war sehr von mir überzeugt.

Ich beschrieb die Titten meiner Strandschönheit mit den Worten eines weltgewandten Kenners und so nebenbei verfolgte ich die Titten der Bedienung. Während ich von den Arschbacken meiner Lady erzählte, schaute ich auf die Hotpants von Maria.

"Maria, bring uns Whisky-Cola, setzt dich zu uns und spreche ein paar Worte Spanisch. Erzähl uns, wie es ist, wenn die unterschiedlichen Schwänze in deine Muschi eindringen und sich in ihr bewegen." Ralf hörte mir fasziniert zu, und ich wusste nicht, was er sonst noch empfand. Er hatte seit sieben Monaten keine Frau gehabt, nicht ganz freiwillig. Verdammt nochmal, die Sache ist nicht ganz einfach, vielleicht für Zuhälter, die fünf Pferdchen am laufen haben, die vögeln können, wann sie wollen. Jedenfalls habe ich mir das immer so vorgestellt.

Es musste für ihn schon geil sein, wie ich eine Frau, die ich beobachtet hatte und deren Körper, Bewegung und Nacktheit mich anmachte, mit wenigen Worten zu einem kurzen Date in den Dünen bringen konnte. Ich hatte die Geschichte so erzählt, als ob ich sie mit meinen Worten rumgekriegt hätte. Ich gab an, beschrieb die netten Hängetitten als Mordsdinger. Und erstmal ihr Hintern!

Während ich so redete - ich der Größte - klebten meine Augen an Maria. Ich stellte mir vor, wie sie am Ende der Nacht für die verbliebenen Gäste unten im Keller tanzt. Jeder hatte Einblick, wie sie im Vorbeigehen den zentralen Punkt unserer Hosen berührte. Wie sie ihren Arsch zeigte, für jeden der ihn näher betrachten wollte. Und das, was dieser Arsch sonst noch preisgab.

Maria hatte uns den Koks besorgt. Der Stoff war ihr sicher nicht fremd, und sie würde sich einladen lassen, zu Koks und gierigem Sex. Ich wusste, sie mochte mich. Warum sonst hätte sie mich sonst anlächeln sollen. Ich guckte auf die Pants, erzählte die Geschichte von gestern und sprach sie an, dass sie klasse wäre. Wir wären scharf auf sie, wir würden den Spießern schon zeigen, was ein Act ist. Wir wären immer für einen Orgasmus gut. Während sie kellnerte, gab sie uns ab und zu einen Kuss und nach Dienstschluss kam sie mit auf unser Zimmer.

Ralf betätigte seinen Gettoblaster, und wir begannen zu tanzen. Sie war die Professionelle, und sie zog sich beim Tanz professionell aus. Selber tanzend versuchte ich, meinen Blick an ihre Muschi zu heften.

Mit solchen Vorstellungen lag ich nackt in meinem Bett, auf dem Rücken, und ein starker, steifer Schwanz in meiner Hand. Ich habe von Maria nur geträumt, sie würde mich noch ein paar Mal anlächeln. Ich hatte mir ihren Body, ihr Gesicht angesehen, um mich nach Jahren, wieder am Mittelmeer, auf der Yacht Henriette an sie zu erinnern. Angekokst und mit geöffneter Hose.

Yvonnes roter Mund stülpte sich über meinen Schwanz. Rhythmisch bewegte er sich rauf und runter, und ich sollte die Geschichte über diese verrückte Fotosession erzählen. Lieber würde ich einfach so daliegen und ließe den Mund so machen.

Die Wirkung des weißen Pulvers ist nicht weiter der Rede wert, ich bin vielleicht eine Spur wacher und fühle mich etwas aggressiver. Der Sex macht Spaß. Es wird ja viel geredet über die

Redelust der Kokainisten, und Yvonne scheint dahingehend auch Erwartungen zu haben. Sie will Geschichten hören, von meiner Erregung, die von der weiblichen Anatomie erzeugt wird. Pos, Brüste und feuchte Schwänze. Gelegentlich macht mir das auch Spaß. Es verleitet auch zum gedanklichen Gruppensex. Ich erzähle von fremden Brüsten, stelle mir diese vor, habe vielleicht die Augen geschlossen, und öffne ich diese, so sehe ich die Brüste meiner Frau, die mich gerade reitet.

Yvonne ist noch angezogen. Die Position ist günstig, um sie betrachten, ihre sorgfältig bemalten Lippen, ihre Hot-Pants. Aber selbst wenn ich hier flach auf dem Rücken liegen würde und meinen Kopf heben müsste, um zu sehen was sie macht, ich hätte jetzt keine Lust, auch irgendeine Silbe von mir zu geben. Ein entfernter Freund würde sagen: "Das war ein klasse Blow-Job. Für mich gibt es jetzt nur diesen Blow-Job. Yvonne lässt sich Zeit. Sie nimmt ihn hin und wieder aus ihrem Mund, leckt genießerisch mit ihrer Zunge an der Schwanzspitze, leckt die ganze Eichel so ab, als gelte es, eine delikate Cremesuppe zu kosten.

Selbst diese Prozedur würde nicht lange Bestand haben, aber wenn Yvonne mit ihrer vollen Mundhöhle arbeitet, der Schwanz einige Zentimeter weit in ihrem kleinen Mund verschwindet, dann würde jede Erzählung von mir auf die kürzeste Kurzgeschichte zusammenschrumpfen, würde diese Gangart des Blow-Jobs den extrem kurzen zeitlichen Rahmen für meine Geschichte setzen. Es macht einen kleinen Unterschied, ob man einen Blow-Job im Liegen, Sitzen oder Stehen genießen kann, ob die Augen dabei sind oder nicht. Vielleicht macht mich auch das Kokain stumm, wer weiß, ich bin in diesen Dingen nicht so erfahren.

Ich schließe die Augen, und meine Gedanken gehen zu Maria, als ihr großer, brauner Rücken mir den Rücken zugekehrt hatte. Maria kokste wohl jeden Tag, aber das war für mich nicht von Bedeutung. Vielleicht für sie, für ihre Kundschaft, für ihren Dealer. Sie tanzte zu Samba-Musik, und mein Blick war auf ihren großen Hintern fixiert und gebannt. Erregt folgte ich seiner Bewegung, den vibrierenden Backen, und hin und wieder ließ die Perspektive den Blick auf ein paar Härchen zu. Maria hatte einen goldbraunen Bären. Mit der Kraft des Schnees, mit geschlossenen Augen konzentrierte ich mich auf die vibrierenden Backen. Die Exstase ist perfekt, es überkommt mich gewaltig. Die Stars: Yvonne und Maria.

Ich kenne Yvonne, glücklich schaue ich sie an, und sie schaut glücklich zurück. Würde ich ihr jetzt erzählen, ich hätte in den Sekunden vor dem Orgasmus an Maria gedacht, auch während des Orgasmus, würde sie dies als weitere Anregung empfinden, und die unendliche Geschichte der Aneinanderreihungen sogenannter Abenteuer würde sich fortsetzen, unterbrochen durch Nahrungsaufnahme und reinen Sex.
"Yvonne, kurz bevor ich gekommen bin, habe ich an Maria gedacht. Ich hatte die Augen geschlossen. Ich habe Maria geliebt, nicht in jenem Urlaub. Ein paar Jahre später, auf der gleichen Insel, aber nicht im gleichen Hostal." Sie kellnerte immer noch im Black Sheep, ihre nuttige Tätigkeit war eine an sich bescheidene Ausübung. Arbeiten tat sie wohl hauptsächlich im Winter, wenn man den Grad der Arbeit an ihrem Geldverdienen misst. Mir war das nicht ganz klar, warum kellnerte sie eigentlich? Vielleicht hatte sie noch Nebeneinkünfte mit ihrem Koks, und die Bar wurde häufiger frequentiert als ein einsames Zimmer, dass zum Zwecke der gewerblichen Liebe genutzt wird.
Ich schweife ab. Sie war zweimal am Tag Nutte. Irgendein Besucher der Bar fuhr auf sie ab, sie fing an zu schäkern und provozierte ein Angebot heraus. Vielleicht war sie ja auch am Umsatz vom Black Sheep beteiligt, denn ihr williger Kunde, oder soll ich besser sagen, ihr williger Liebhaber musste bis nach drei ausharren, Getränke bestellen, um sie lieben zu dürfen. War da kein Restrisiko? Vereinsamte oder geile Touristinnen ließen sich selten in der Bar sehen. Wenn, dann in männlicher Begleitung, also geringes Restrisiko.

Ihr Tagesablauf in diesen Sommermonaten, und der Sommer fing auf Ibiza im Mai an, manchmal im April, ihr Tagesablauf war immer der gleiche. Nach ihrer Liebschaft schlief sie bis zwei, ging irgendwo frühstücken, das manchmal alleine, um sich dann am Strand die heiße Sonne auf den Arsch brennen zu lassen. Irgendwie schaffte sie es immer, einen liebeshungrigen Touristen anzuziehen. Männer feixten, wenn sie sich auszog, ihren nackten Körper zu Gesicht bekamen. Damals waren nackte Schönheiten am Strand in der Nähe von Ibiza-Stadt eine Seltenheit.

Vor ihrem Kellnern machte sie also regelmäßig Sex, duschte sich, machte sich für ihren neuen Job fertig, und ich konnte sie wieder bewundern. "Ich habe Maria später an gleicher Stelle wieder getroffen, wir haben uns geliebt. Ich meine, wir hatten nicht nur Sex miteinander, die Empfindung ging tiefer. Die Frau hat für mich ihren Job vernachlässigt. Ich habe sie zweimal am Tag geliebt, ja natürlich auch öfters. Ich meine vor dem Kellnern. Und irgendwann tanzte sie auch Samba. Ich werde diesen massigen Arsch nie vergessen.

Von wem soll ich nun weitererzählen? Von Maria oder von Margret? "Welche hatte den das schönste Höschen an?" Yvonne versucht, Fragen zu stellen, die konstruktiv sind. "Das kann ich nicht so ohne Weiteres beantworten, aber ich habe Lust, mit meiner Vorstellung bei Maria zu bleiben, soll ich sagen, meine Gedanken verschwenden." Normalerweise hätte ich nur eine Gelegenheit gehabt, ein einziges Höschen von Margret zu sehen und das auch nur ganz kurz. Vermutlich einen weißen Baumwollschlüpfer und der wäre schnell ausgezogen. Aber ich hatte ja meine Kamera geholt und Margret hatte Reizwäsche, einiges. Ihr Busen und Hintern kam dabei gut zur Geltung. Bevor ich die eigentlichen Nacktaufnahmen gemacht habe, habe ich sie in ihrer schönen bunten Unterwäsche fotografiert und immer schön weggeguckt, wenn sie sich auszog. Das honorierte sie dann mit aufreizenden und neckischen Posen. Ich war erregt und fieberte dem Finale entgegen.

Die Frage nach dem schönsten Höschen ist nicht ganz einfach zu beantworten. Marias Unterzeug bestand im wesentlichen aus Badeklamotten. Phantastisch geschnittene Einteiler, scharfe Bikinis und überaus knappe Tangastrings, die zuließen, ihre braunen Hinterbacken zu bewundern. Schade, ich wüsste zu gerne die Maße von Maria. Bei ihr war einfach alles größer, angefangen mit großen braunen Augen, einem großflächigen Ge-

sicht, relativ breite Schultern, einem üppigen Busen, einem großen Hintern, beachtlich schöne Oberschenkel und unendlich
lange Beine. Sie war etwas über 1,80.

Ich will keinen falschen Eindruck entstehen lassen, sie war eine
sehr schöne und junge Frau, die auch von manch Kleinerem begehrt und bezahlt wurde. Auch bei ihren Kunden hatte sie ihre
Badeklamotten an. Ein Oberteil trug sie selten, auch wenn sie
kellnerte, verbarg sich ihre große Brust unter einem T-Shirt,
und bei unserer ersten Begegnung haftete sich mein Blick auf
die tanzenden Brüste unter ihrem T-Shirt. Ganz gezielt machte
sie so ihre Kunden an. Damals reichte mein Taschengeld nicht.
Ein paar Jahre später war ich wieder auf der Insel, nicht im gleichen Hostal.

Seit ein paar Tagen war ich wieder in Ibiza-Stadt, ich dachte
nicht ans Black Sheep oder Maria. Dies ist eigentlich erstaun-
lich, da ich ein Mensch bin, dem die Vergangenheit wichtig ist,
und einer, der nicht so sehr viel erlebt hat. An dieser Stelle muss
mich natürlich Yvonne unterbrechen und mich vor mir selbst in
Schutz nehmen. "Du hast sehr viel erlebt. Du hast für die Heuschrecken gekämpft, gegen die Elefanten, du hast mich gefickt
und deine tausend Frauen." Ich wage nicht, jetzt mit dem Zäh-
len anzufangen. Yvonne übertreibt. Es waren nur achthundert
Frauen, höchstens.

Wie der Zufall es wollte, pilgerte ich nicht an die Stätte meiner
Vergangenheit. Statt dessen hatte ich im Kopf, an den Stränden
schöne Miezen anzuschauen. An so einem Strand lag ich, war
etwas eingeschlafen trotz der heißen Nachmittagssonne, aber
ich hatte ja einen dieser fabelhaften Strohsonnenschirme zum
Freund, der mich vor zerstörenden Bränden etwas schützte. Der
Schirm meinte es gut mit mir, sang mich in den Schlaf und störte diesen nicht weiter.

Ich muss wohl so um die vierzig Minuten geschlafen haben,
meine Augen öffneten sich neugierig und blickten auf die
Arschbacken einer großen Frau. Ein nackter Rücken, lange Beine ... Die Frau trug einen dieser berüchtigten Tanga-Strings, die

irgendwann von der Copa Cabana die Welt erobert haben. Oder war es Saint Tropez. Die Frau lag auf der Seite, etwa fünf Meter von mir weg. Manchmal bewegte sie sich etwas.

Sie las eine spanische Illustrierte und trug offensichtlich eine Sonnenbrille. Sie hatte ein Goldkettchen am linken Fuß. Halblanges, brünettes Haar, glatt, vervollständigten das Bild. Indem ich auf diesen Körper, besonders auf diesen Hintern blickte, und es waren erst wenige Sekunden vergangen, beulte sich meine Badehose etwas aus. Ein Fuß bewegte sich ein wenig, spielte mit dem Sand. Die Frau war nahtlos braun, ihre Haut war als nahezu makellos zu bezeichnen. Ich komme ins Schwärmen.

Yvonne flunkert mir zu. Ich scheine ihr wirklich zu gefallen, wenn ich von schönen Frauen zu schwärmen beginne, und es ist egal, ob diese göttlichen Wesen in eleganten Abendkleidern stecken, ihre Eleganz mit teurem Schmuck, erhebenden Schuhen und einem Glas Schampus in der Hand unterstreichen oder ob sie nur in einem String stecken und sie ansonsten nur ein Kettchen, eine Sonnebrille tragen. Und etwas Farbe tragen und einem lässig gestatten, ihren Bauchnabel, ihre Brustspitzen oder wie hier ihre Backen, die Ritze dieses Hintern, die nur andeutungsweise durch den String bedeckt war, schwärmerisch zu betrachten.
Ein Freund sagte einmal und von ihm hätte ich den Spruch am wenigsten erwartet: Pumps und Champus sind das Größte. Man kann diesem Ausspruch auch widersprechen, denn was gibt es Größeres als eine Sonnenbrille und einen Tanga. Jedenfalls verstehen es manche Frauen in Erscheinungsformen aufzutreten, die das Flair einer Göttin haben und diskret auf das Innere meiner Hose wirken.

Ich vertiefte mich in ihrer Ritze. Ich kann bestimmte Gemälde fast stundenlang betrachten, so auch diesen Arsch. Selbstverständlich hatte ich auch die ganze Rückseite im Blick, selbst mit ihren Füßen hätten sich meine Augen ausgiebig befassen können, aber ich nutzte die Gunst der Stunde, kam immer wieder auf dieses Hinterteil zurück. Ich begann (wieder) eine Philosophie des weiblichen Hintern zu entwickeln. Hinzu kam die Kulturgeschichte des weiblichen Pos, und das alles ausgelöst durch ein einziges Prachtexemplar, das mir praktisch die ganze Zeit die gleiche Perspektive bot.

In meinen Vorstellungen bin ich hin und wieder an hundert schönen, nackten Weiberhintern vorbei flaniert, jeder auf seine Art anders. Die Form dieser Pos wurde durch vielfarbige Pumps vollendet. Kleine, Große, feste, fette, welche, die weiteren Einblick freigaben, welche, die sich zum Geschlechtsverkehr anboten. Ich passierte die Allee, die Avenue der Hintern. Zwischen den Frauen war immer einiger Platz, sodass Zeit blieb, sich über jede Frau passende Gedanken, wenn nicht Vorstellungen zu machen.

Natürlich wollte ich in diesem Traum auch meinen Lieblingshintern ausfindig machen. Ich habe nur ungefähre Vorstellungen, wie dieser ausschaut, und bin mir noch nicht Mals sicher, ob ein solcher existiert. Vielleicht gibt es für jede beliebige Situation, Kontext den passenden, wie an diesem Strand kein weiterer mich zu interessieren brauchte. Ich schritt im Traum die Hintern ab, und die Vielfalt, das Exemplarische ließ mir keine Zeit, eine Philosophie der Hintern auszuarbeiten.

Ein anderes Bild war dies einer nicht näher bestimmbar hohen weißen Mauer, die sich grenzenlos nach links und rechts in einer kahlen Ebene ausbreitete. Ich befand mich einen halben Steinwurf von der Mauer und den nackten Frauen, die sich dicht an dicht an der Mauer drängelten, mit ihren Brüsten die Mauer wohl berührten und ihre Pos der grenzenlose Weite, die hinter mir lag entgegenstreckten. Diese Bilder, die man nur in einem Traum erleben kann oder in einem surrealistischen Film, einer surrealistischen Fotoausstellung, haben meine Vorstellungen länger bewegt und waren weiterer Katalysator meiner Kulturphilosophie, nie aber unmittelbarer Auslöser.

Die Avenue der Frauenhintern hat allerdings einen beklemmenden zusätzlichen Aspekt. Ich meine nicht die unerfüllbaren Leistungen, die gebracht werden müssten, um all diese Frauen zu befriedigen. Es würde ja spätestens nach der Vierten ein anstrengender Akt werden, nein diese Frauen haben sich alle von mir abgewandt. Wenn sie von meiner Gegenwart wissen, wollen sie sich anbieten oder mich ignorieren, mit Missachtung strafen. Wenn ich die Hintern von nur ein paar Frauen betrachten könnte, würde ich nie solche Ideen bekommen. Und hier? Die brünette Spanierin ließ solche Gedanken nicht im entferntesten aufkommen. Ihr Riesenpo musste genommen werden.

Hin und wieder stellte ich mir auch die Frage, wie sie wohl von vorne ausschauen mochte, aber war das eigentlich nicht irrelevant, solange sie mir gestattete, ihre Backen, ihre Ritze zu bewundern. Ich war wie berauscht, und die Sonne tat einiges dazu. Schon ängstlich fürchtete ich den Augenblick, in dem sie sich umdrehen mochte und ich ihr nicht mehr so unverschämt auf den Arsch gucken konnte.

Würde ich es denn wagen, so ihre Titten, ihren Schritt anzuschauen. Keine Chance! Erstaunlicherweise waren wir im Umkreis von 15 Metern die Einzigen, die am Strand lagen. Ein paar Frisbee-spielende Kinder näherten sich uns ab und zu gefährlich. Ihr Geplärre hatte ich mit meinem Walkman zugedeckt, ich glaube, ich hörte eine Kassette mit Peter Tosh. Irgendwann musste der Zeitpunkt eintreten, da die Scheibe unerreicht von den Chicos oder den Touristenbälgern weiterfliegen würde und irgendwo zwischen uns landen müsste, uns gar treffen würde.

So oder so, diese Frauen drehen sich immer um, um sich möglichst von allen Seiten gleichsam zu bräunen. Nur eine aufziehende Bewölkung könnte mich retten, und wenn sie aufbrechen würde, könnte ich in den Genuss kommen, einen kurzen Blick auf ihr Vorderstes zu werfen und sentimental genießen, wie dieser Hintern in Bewegung sich von mir entfernen würde.

Es war wieder eine Zeit, in der das Gefühl aufkam, Frauen nur betrachten zu können, mich in Gedanken an sie zu verlieren. Diese Zeitgefühle waren immer täuschend. Welcher von meinen fragwürdigen Bewusstseinszuständen hätte jetzt eine Yvonne oder eine Margret erwartet? Oder die Frau in dem Biskayastädtchen, von der ich zum Glück Yvonne noch nichts erzählt habe.

Es kamen keine Wolken auf, aber es kam eine Frisbeescheibe, die sanft hinter meiner braunhäutigen Schönheit aufsetzte, und diese hatte nichts Besseres zu tun, als sich aufzurichten, auf das Frisbee zuzugehen. Ich konnte sie nun in voller Größe bewundern, die bewegten Backen verfolgen, schaute ihr voll aufs Gesäß, als sie sich bückte und das Teil ergriff, und als sie sich drehte, gelang es mir zum ersten Mal, ihre voluminösen Brüste betrachten.

Ich weiß nicht, ob die Chicos auf diese oder die Scheibe in ihren Händen starrten, vielleicht nicht auf die Scheibe. Die Frau war wirklich groß, großartig, und begann, hinter ihren runden Sonnengläsern zu lächeln. Lächelte sie die Kinder an? Ja zuerst. Als sie die Scheibe zurückwarf, wusste ich gar nicht, wo ich hinschauen sollte. Die Jungs applaudierten ihr und wandten sich schnell ihrem Spiel zu. Ich konnte mich gerade zurückhalten, ebenfalls zu applaudieren.

Ihr Lächeln setzte sich fort, hinter ihrer Sonnenbrille lächelte sie mich an. Nein, ich konnte jetzt nicht auf ihren Tanga blicken, auf dieses magische, dreieckige Etwas, unter dem sich noch ein weiteres Dreieck verbergen musste, dass wiederum ... Meine Gesichtsmuskeln brauchten eine kurze Zeit, um sich aus ihrer Starre zu befreien, dann lächelte ich zurück.

Sie begab sich wieder zu ihrem Badetuch und ihrer Zeitschrift, und sie schien sich erneut darin vertiefen zu können. Nun war es passiert. Ihr Hintern war für meine Blicke unerreichbar, aber ihr Blick in die Zeitschrift gestattete mir vorsichtige Blicke auf ihren Bauch, auf eine Brust, die mich zum Träumen bringen konnte, dieses schwarze Tangadreieck. In diesen schüchternen Minuten, in der nicht ganz die gleiche Entspanntheit aufkommen wollte, versammelten sich mehrere alte Herren mit ihren Tüchern und braunen Bäuchen um uns, na ja mehr um sie.

Irgendein innerer Entschluss brachte mich dazu, alle Vorsicht fallen zu lassen und mich nur noch auf das Wesentliche zu konzentrieren. Ich begann zu träumen, entwickelte einen Tunnelblick, der auf den beiden Brüsten klebte, aber auch gerne auf Nabel oder Dreieck verweilte. Woher nahm ich diese Dreistigkeit, mich weder um die älteren Herren noch um sie zu scheren. Ich hörte auch auf zu philosophieren, gewissermaßen hatte ich nur eine einzige Vorstellung, die mich von meinem verträumten Blick ablenkte: Die Vorstellung, ihre Schamhaare zu sehen.

Meine Erregung floss langsam in mein Glied zurück. So träumte ich vor mich hin, jedes Zeitgefühl war mir abhandengekommen, und die feixenden älteren Herren konnte ich überhören. In meinem Traum wanderte mein Tunnelblick schließlich von ihrer oberen Brust über den Hals auf ihr Gesicht zu. In meinem Traum war es eine Selbstverständlichkeit, dass dieses lächelte. Ich begann auch zu lächeln, wenn ich das nicht schon die ganze Zeit gemacht hatte, wer weiß!

Dieser Traum musste enden, auch wenn man mit offenen Augen träumt. Sie lächelte aber weiter und sprach mich mit schönstem gebrochenen Deutsch an, ob ich sie einreiben könnte. Ich glaubte zu träumen, als sie mir ihre Kokosmilch hochhielt. Ich bewegte mich von meiner Liege, und ein Geschenk der Götter hatte die Sonnenmilch in die Welt gebracht. Zaghaft nahm ich diese Flasche in meine Hände, und meine Schönheit legte sich auf den Rücken, lächelte noch immer, stauchte das Dreieck etwas zusammen und ich murmelte Hallo.

Schüchtern begann ich, ihr den Bauch einzureiben. Es war wundervoll, den warmen, weichen Körper an meinen Handflächen zu spüren. Meine Hände fassten Mut, sie bewegten sich so sanft, wie sie konnten und auf ihre schweren Brüste zu, die breit auf ihrem Oberkörper lagen. Genussvoll, süchtig begann ich mehr als nur Sonnenmilch zu verteilen, und in ihrem Deutsch meinte sie belanglos: "Ich gefalle Dir, tue den alten Böcken doch die Freude und knete mir die Titten." Ich konnte nicht anders als zu erwidern: "Ich tue mir den Gefallen!"

Sie präsentierte sich. Mir, dir und den alten Senores. "Du machst mich sehr geil. Ich habe davon geträumt, deine Brüste, deinen Hintern zu berühren, du machst alles wahr." Meine Hände wanderten zu ihrem zusammengerollten Dreieck, zu den Haaren dort. Ich streichelte ihre Schamhaare.

Die Männer johlten, und meine Hände glitten auf den Innenseiten ihrer braunen Oberschenkel. Die Männer verhielten sich irgendwie abartig, ähnliches Verhalten kenne ich, wenn eine Gruppe von Männern Strandschönheiten gewahr werden, die sich ausziehen oder die sich gegenseitig einreiben. Aber wenn einer ihresgleichen am Zuge ist, das ging mir entschieden zu weit. Es störte meinen Genuss. Man kann mir vorwerfen, ich sehe das zu sehr aus meiner Warte. In die belästigten Frauen mich hineinzuversetzen, vermag ich nicht.

Einige werden sicher eingeschüchtert, andere wütend, wiederum andere werden das Feixen genießen. Sie fühlen sich bestätigt in ihrer Schönheit, Attraktivität und vielleicht auch in ihrer Macht über Männer oder über bestimmte Männer. Diese Frau zählte sicherlich zu letzterem Typ, ich eigentlich weniger. Die Herren schienen mich nicht ernst zu nehmen. Hätte ein bekannter, fetter Multimillionär meine Aufgabe übernommen, wäre die Resonanz sicher anders ausgefallen.

So wurde meine Erregtheit durch etwas Wut gebremst. Eine innere Stimme ermahnte mich, mich auf das Wesentliche zu konzentrieren. Währenddessen drehte sich die Frau rum, lag nun auf dem Bauch und irgendwie gelang es mir, die Rolle unserer Zuschauer in die Bedeutungslosigkeit versinken zu lassen. Ich konzentrierte mich auf den Körper. Gewissenhaft rieb ich die langen, braunen Beine ein. Ich ließ mir sehr viel Zeit. Sie sagte zu mir: "Du musst mir auch den Arsch einreiben", sinngemäß. Ich tat, wie man mir geheißen.

Wunderbar, das in den Händen zu haben, nach dem man sich Minuten zuvor gesehnt hatte. Nach dem ich mit Rücken und Nacken meine Aufnahmeprüfung bei ihr bestanden hatte, drehte sie sich wieder um, nahm die Sonnenbrille ab, ihre wunderschönen Augen guckten mich an und ihre Lippen sagten: "Danke" "Maria!" Es verstrichen einige Sekunden, um zu begreifen, ein erneuter Anflug von Schüchternheit galt überwunden zu werden, aber die richtigen Gefühle in mir siegten. Ich küsste sie, ich küsste sie lange und intensiv. Das war das erste Mal, dass ich eine Nutte küsste, das erste Mal, dass ich mich in eine Prostituierte verliebte.

Ich besitze eine Hassliebe zum Gewerbe. Es ist für mich aufregend, Nutten zu sehen, zu beobachten, aber selbst wenn ich Monate ohne Frau bin, lasse ich mich mit keiner ein. Meine Hassliebe zu Geld ist ebenso beträchtlich, und irgendetwas weigert sich in mir, Leidenschaft und Geld so direkt miteinander zu verbinden. Nach diesem leidenschaftlichen, unerkauften Kuss ereignete sich etwas Erstaunliches. Ich legte mich neben sie, und unsere Seiten drückten sich aneinander. Minutenlang lagen wir schweigend nebeneinander, schließlich lag sie in meinen Armen, und manchmal frage ich mich, welche Gottheit im Spiel ist, wenn wir Dinge tun, die wir uns selber nicht zutrauen oder erwarten.

Wir haben kaum miteinander geredet, und wie selbstverständlich habe ich sie zu ihrem Apartment begleitet. Ich schaute ihr beim Duschen zu, und das erste Mal liebten wir uns unter dieser Dusche. An diesem spanischen Nachmittag stand die Liebe wieder hoch im Kurs. "Yvonne, du erwartest doch nicht, dass ich dir jetzt beschreibe, wie ich mit ihr Liebe gemacht habe. Diese pornografischen Details, für die mir die Sprache fehlt?"

"Ich erwarte, dass du mich gleich kräftig fickst! Du kriegst ja von deinen eigenen Erzählungen einen Ständer." "Nein, nein, nicht von meiner Erzählung, ich habe beim Erzählen deinen süßen Arsch betrachtet, und dann hast du angefangen mit deinen Händen deine Brüste zu kneten." "Habe ich das?"

Ich habe das Gefühl, Yvonne könnte ein bisschen eifersüchtig werden, denn die Geschichte um Maria ist nicht nur eine erotische, sondern auch eine Liebesgeschichte, während wir hier uns bewusst sind, Sex zu zelebrieren, Sex und nur Sex. Und da ich Sex liebe, liebe ich auch Yvonne, aber eigentlich nicht mehr, wie man die Menschen liebt. Verliebtsein ist wieder etwas anderes. Jeder von uns möchte verliebt sein. "Willst du, dass ich weitererzähle, auf die Gefahr hin, dass ich weitere Erektionen bekomme?" "Ja!"

93

Maria hatte am Tag mindestens zwei Männer, die dafür gut bezahlten, und da die Anzahl der Freier niedrig war, hatte sie irgendwo auch eine Wahl, sie brauchte sich nicht dem Ekel hingeben. Um so weniger verstand ich, dass sie für mich auch etwas wie Verliebtsein entwickelte. Ich weiß nicht, was sie an mir fand. An mir ist nichts Besonderes, ich bin weder sonderlich hübsch, reich oder gescheit, und soweit ich das beurteilen kann, bin ich auch kein überdurchschnittlicher Liebhaber.

Es hagelt Proteste von Yvonne, sie belehrt mich, ich sei ein sehr guter Lover, sähe gut aus, wäre gescheit und originell und sehr sensibel. Das hört man natürlich gern, auch wenn es nicht der Wahrheit entspricht. "Ja, ja Yvonne, ich bin der Größte!" Sie macht einen Kussmund und lügt mir ins Gesicht. "Ja, das bist du!" Wie gesagt, ich habe nie verstanden, was Maria an mir fand, wieso sie ein Gedächtnis für mich hatte. Schon bei unserer ersten Begegnung musste sie auf mich aufmerksam geworden sein, ich irgendetwas in ihr angesprochen haben, so wie sie in mir.

Wieso sie ein Gedächtnis für mich hatte bei den Hunderten von Freiern, die sie vor mir und nach mir hatte, blieb im Dunklen. Mich hatte sie nicht, und unsere erste Begegnung war mehr als flüchtig. Ich hatte sie mit meinen Blicken verfolgt, mich Phantasien über sie hingegeben und sie erst erkannt, als sie die Sonnenbrille auszog und mich anlächelte.

Ich war für sie eine kräftige Finanzeinbuße, denn an den folgenden Nachmittagen trafen wir uns immer wieder am Strand, um dann wieder, nach ein paar Stunden Sonnenbad, einigen heißen Küssen und zwei Ganzkörpermassagen mit Sonnenmilch in ihr Apartment zu gehen, um uns leidenschaftlich zu lieben. Sie liebte es, mich von vorne zu reiten und ritt sich in die Extase. Ihre Orgasmusfähigkeit war der beste Beweis, dass man auch mit dem Kopf Sex macht. Es war selten, dass sie Extase bei ihren Freiern fand.

"Yvonne, hast du Extase bei deinen Freiern gefunden?" "Zuerst schon, aber ich hatte auch nicht so viele. Ich war nur für zwei Wochen Callgirl und hatte gerade mal 10 Freier." Nun habe ich die ersten Details von Yvonnes Vergangenheit aus ihr herausgebracht, es wird mal Zeit, dass wir die Rollen tauschen.

Ich war geradezu geschäftsschädigend für Maria, die Nachmittage brachten ihr keinen Gewinn mehr, und mancher der Herren vom Strand wusste, dass sie im Black Sheep kellnerte, und holte sich am Strand Appetit, der im Black Sheep noch einmal gesteigert wurde, um sie dann als Königin der Nacht zu erleben, für ein paar Tausend Pesetas. Diesen Herren konnte nicht gefallen, wie ich mit ihr am Strand herumturtelte. Auf ihre Nachteinnahmen wollte sie nicht verzichten.

Statt in ihr Geschäft einzusteigen, wurde ich eifersüchtig. Abends war ich alleine, nachts war ich alleine, lag morgens um vier schwer angetrunken wach im Bett und wusste, dass sie wieder von einem zahlenden Typen gestoßen wurde. Das Geschäft brachte auch manche Erniedrigung mit sich. Im Black Sheep war sie für mich Tabu. Einmal saß ich in einer Bar, keine fünfzig Meter vom Black Sheep entfernt und verfolgte ihr Treiben und soff, und als eine Hand nach ihrem Slip griff, ging ich.

Ein andermal, sturzbesoffen, sprach ich eins der Mädchen an, die sich anboten, und während Maria sich von einem Freier ficken ließ, fickte ich die junge Hure und versuchte so, Maria näher zu sein. Während die Nachmittage glücklich und ekstatisch verliefen, verbrachte ich die Abende und Nächte einsam und depressiv. Sie waren nur im Suff zu ertragen. "Yvonne, ich habe keine Lust weiterzuerzählen. Während wir uns auf der Henriette befinden, ist es dunkel geworden. Es ist leichter Nord-Ost-Wind aufgekommen, der unsere warmen Körper abkühlt.
Ich habe keine Lust weiter zu erzählen. Es gibt Dinge, die gehen Yvonne nichts an. Meine Liebe geht Yvonne nichts an, zu mal, wenn die Geschichte traurig ist. Yvonne protestiert etwas und würde zu gerne den Ausgang dieser Geschichte kennenlernen. Der Ausgang ist, Maria kellnert und hurt bestimmt noch im Black Sheep, und ich bin hier, ca. 600 km von Ibiza entfernt. Und ich schaue auf Yvonne, die von ihrem Körperbau sehr das Gegenteil von Maria ist.

Bei Yvonne ist alles klein und knackig. Ihre Haare sind stroh-blond und ihre Augen blau, der Busen klein und fest, der Knackarsch ist eine Wucht, Mund und Gesicht sind klein. Ich liebe kleine Münder. Die Beine sind nicht lang. "Yvonne, ich habe diese Hure geliebt, und irgendwie hat sie das mich auch. Die Geschichte ging aber nicht gut aus. Mein Urlaub war die Himmelhölle. Das ist jetzt sechs Jahre her. Es gibt nichts weiter zu sagen. Bringe mich auf andere Gedanken."

Es ist etwas schwierig im Dunkeln zu erkennen, aber ich meine eine Spur von Mitgefühl auf Yvonnes Gesicht zu sehen. Sie zieht ihr Höschen aus und fängt an meine nackten Beine zu streicheln und zu küssen.

"Yvonne, gib mir noch eine Prise für die Nase" "Kannst du alles haben!" Warum das jetzt? Ein kleines Glücksgefühl steigt doch schon auf, als sie sich mit meinen Beinen beschäftigt. Ich mag das Zeug doch gar nicht. Oder vielleicht doch?

Während der Zeit mit Maria hatte ich einige Male gekokst, ich saß ja sozusagen an der Quelle. Das Zeug brachte es aber nicht, mir die einsamen Abende zu versüßen. Yvonne kramt in ihrer Handtasche rum, kramt etwas raus. Ich kriege meine Prise. Das Zeug ist ja auch die Verbindung.

Ich bin gierig dabei, meine Sentimentalität und meine kleinen Depressionen mit Pulver zu bekämpfen. Ich würde besser nur Yvonne machen lassen. Ich schlüpfe in eine andere Gefühlsebe-ne, mehr im Hier und Jetzt, zuerst relativ unsentimental, aber dennoch registriere ich sehr empfindsam Yvonnes Berührungen an meinen Beinen. Jedes meiner Haare scheint sie mit der Zun-ge zu liebkosen. Mein Glied streckt sich dem Mittelmeerhim-mel entgegen. Ich bin ja bis auf ein T-Shirt nackt.

Meine langen Beine scheinen Yvonne sehr zu gefallen. Schon ganz geil warte ich darauf, dass sie ihren Mund über mein eri-giertes Glied stülpt. Soll sie doch wieder einen Blow-Job ma-chen. Und ich habe Glück. Ohne das sie sich Lippenstift aufträgt, bewegt sich ihre Zunge von den Innenseiten der Oberschenkel zum Schwanz.

Sie leckt an meinem Schwanz, sie nimmt den ganzen Schwanz mit ihrer Zunge, geht über die feuchte Eichel, sie zögert etwas hinaus. Nein, das wird kein Blow-Job. Statt die Lippen ihres Mundes zum Einsatz zu bringen, setzt sie sich auf mich. Mein Glied dringt ganz sanft in sie ein, und sie beginnt einen sentimentalen Ritt. Ein langsames rauf und runter, und ich weiß nicht, ob ich die Augen schließen oder öffnen soll. Soll ich auf den tanzenden Unterleib gucken, auf diese kreisenden Hüften, ihre wippenden Brüste oder auf ihr animierendes Gesicht, das zum Glück etwas Licht abbekommt?
Gütiger Himmel, noch ein verstohlener Blick auf ihre Schamhaare und die Stelle kurz oberhalb, wo das Glied in ihr verschwindet. Nein, ich gucke in ihre Augen, die mich zufrieden anlächeln. Bis ich meine schließe und nur noch der rhythmischen Bewegung folge. Kurz vor meinem Orgasmus hält sie inne, küsst mich auf die Stirn. Ich zittere innerlich. Noch langsamer setzt sie ihre Liebesbewegung fort. Kurz bevor ich explodiere, öffne ich die Augen und schaue auf ihre Brüste. Mir kommt's gewaltig. Während ich in ihr abspritze, bewegt sie sich gekonnt weiter.

Dieser Ritt könnte in meine Geschichte eingehen. Ich verliere nicht weiter Worte über etwas, bei dem mir doch die Worte fehlen, um nur annähernd das wiederzugeben, was ich empfinden kann. Ich danke dir, Yvonne! Nach diesem Fick greife ich sie mir und küsse sie dankbar und leidenschaftlich. Danach liegen wir nebeneinander, gucken die Sterne an, ich streichle sanft ihr Bein. Ein Glück, dass es Jachtbesitzer gibt. Die Henriette ist der geeignete Platz für sentimentale Geschichten, heiße Orgasmen und zärtlicher Ruhe.

Nun Yvonne, es ist Zeit deine Geschichte zu erzählen!

Ich bin gespannt, welche erzählerischen Qualitäten ihre Geschichten haben. Ach was, ich bin froh, einmal den Mund halten zu können, zuzuhören, das Reservoir meiner Pikanterien ist erschöpft. Einfach so daliegen, entspannt zu hören und vielleicht ist das Ganze ja noch erregend.

"Ich hab's gemocht, wenn die Jungs auf mein Höschen, auf meinen Po geguckt haben, mir nachgepfiffen haben. Ich war ja noch ganz jung. Mit vierzehn war ich das fickgeilste Luder der ganzen Schule. Ich hatte drei Lehrer, die halbe Oberstufe und mehrere Tripperinfekte. Mit sechszehn beschloss, ich mein Leben vollkommen zu ändern. Ich hatte ein Buch über die heilige Johanna gelesen, wollte von nun an für Gott, die Armen und keusch leben. Ich verdrängte mein lasterhaftes Vorleben, wechselte die Schule.

Mit neunzehn verliebte ich mich in unseren jungen Religionslehrer, ein gewisses sexuelles Interesse begann in mir zu wachsen. Ich begann, wieder zu onanieren, stellte mir meinen Lehrer vor, wie er mir Stellen aus der Bibel vorlas. Ich war sehr erregt, wenn er mir in meiner Phantasie die Geschichte des Sündenfalls vorlas. Gleichsam identifizierte ich ihn mit Adam, und ich war Eva, die ihn verführen wollte.

Clemens hieß er, war relativ groß, hatte schlanke Hände, dunkles Haar, er war einfach himmlisch. Irgendwann war mir klar, meine Wendung zu Gott hatte den Sinn, Clemens zu begegnen. In unserer Vereinigung würde ich die Schöpfung wiederholen. Mit ihm konnte man über alles reden, über Jesus, die Urkirche und die armen Bauern von Bolivien. Ich würde eines Tages mit ihm reden müssen, mit der Bibel in der Hand.

Wäre er doch katholischer Priester gewesen, dem ich hätte beichten können. Er war leider nur mein protestantischer Religionslehrer." Yvonne fängt an, unmotiviert zu lachen.

"Unsere letzte Klassenfahrt sollte der Zeitpunkt meiner Offenbarung sein. Auf diesen Tag bereitete ich mich vor. Ich würde nackt mit einem Kreuz in sein Zimmer eintreten und die ersten Zeilen eines bestimmten Gebetes sprechen. Der Tag der Verführung kam, es war ein heißer Juniabend, die Jugendherberge

98

lag im Rheintal. Ich hatte tausend Mal meinen Auftritt geprüft. Ich hatte aber nicht den Mut, ganz nackt vor ihm aufzutreten.

Bevor ich zu ihm ging, machte ich es mir auf der Toilette, ich sah, wie sich seine Lippen zu einem Gebet formten. Danach zog ich meinen weißen Baumwollschlüpfer an, steckte mein Nachthemd in die Tüte und bat Gott, er möge mir helfen. Halbnackt, mit vorstehenden Brustwarzen schlich ich durch die Gänge, um in sein Zimmer zu gelangen."
Yvonne fängt wieder an, hemmungslos zu lachen. Nun ja, die Geschichte hat wirklich etwas Komisches. Ich lächele zurück.

"Als ich an seiner Tür war, zögerte ich einen kleinen Moment. Sollte ich anklopfen? Ohne es zu tun, trat ich ein. Entsetzt, mit der Bibel in der Hand, musste ich sehen, wie Clemens sich von einem meiner robusten Mitschüler in den Arsch ficken ließ. Ich ließ die Bibel fallen und lief schreiend davon, halbnackt in die warme Juninacht. Mein Goldkettchen mit Christus am Kreuz riss ich mir vom Hals und schmiss es in den Rhein.

Ich war mit Gott fertig, ich würde mich an Gott und der Welt rächen. Die Jungs waren scharf auf eine feuchte, enge Möse, sollten sie dafür bezahlen. Die Heilige würde zur Hure werden. Ungeniert kehrte ich in die Jugendherberge zurück, in den Schlafsaal B, wo der harte Kern nächtigte. Hier schliefen acht geile Böcke.
Ich machte das Licht an, um zuerst Gefluche, dann aber anerkennende Pfiffe zu bekommen. Einer machte eine Musik an, und ich machte tänzelnde Bewegungen, zog den weißen Slip aus, klatschte mit den Händen. "Schaut euch diesen klasse Arsch an! Für dreißig Gulden kann ein jeder mich ficken!" Um die Jungs auf den Geschmack zu bringen, zeigte ich ihnen meine Kehrseite, machte eine Grätsche, beugte mich nach vorne, damit alle auf ein einladendes Fötzchen gucken konnten. Dann wackelte ich noch mit dem Arsch und meinte, das ist eine einmalige Chance. "Packt eure Schwänze aus und stoßt zu. Aber zuerst die Kohle!"

Es brach ein turbulentes Durcheinander aus, Streitereien,

Rangordnungsgerangel. Die meisten wollten möglichst unter den Ersten sein, einer wollte sich allerdings durchs Zuschauen Appetit holen und als Letzter bumsen. Ein einziger wollte für schlappe zehn Gulden nur zusehen dürfen. Ich forderte fünfzehn. Unser Millionärssöhnchen bot mir vierzig Gulden für einen Blow-Job.

In dieser Nacht wurde ich von einer ernsten Heiligen zu einer kleinen, geilen Nutte. Ich profitierte von meinen früheren Erfahrungen. In dieser Nacht hatte ich eine heiß gestoßene Möse und war um 400 Gulden reicher. Die Typen ließen sich nicht lumpen und wollten alle ein zweites Mal. Ich machte ihnen die fickende Madonna! "Ist doch eine klasse Geschichte?" Ich ging etwas mit den Preisen runter und wurde ein gefragter Renner auf unserer Penne. Clemens begegnete mir nur noch mit hochrotem Kopf."

Yvonne fängt wieder an zu lachen, so laut, dass ich befürchte, dies könnte den Besitzer der Henriette anlocken. Sie schüttelt sich quasi vor Lachen, ich lache mit, weiß eigentlich nicht warum. "Kein Wort wahr", prustet sie raus, "kein Wort wahr!" Stimmt, diese Geschichte mit dieser Zuwendung zu Gott, war eigentlich zu absurd und passt überhaupt nicht zu Yvonne, das andere hätte ich ihr schon zugetraut. Eine Yvonne, die sich etwas anderem ernsthaft widmet als ihren Vergnügungen, kann ich mir eigentlich nicht vorstellen. "Das ist aber ganz schön unfair, Yvonne! Ich habe dir keine Märchen erzählt, sondern wahre Erlebnisse aus meinem Leben, die mich heute noch berühren. Mein Leben!"

Ich übertreibe etwas, ich bin ihr auch gar nicht böse. Die Geschichte war ja recht amüsant, ganz gut erzählt, und ich frage mich, wie sie so schnell eine durchkonstruierte Geschichte hinbekommen hat, wenn sie nicht, ja wenn sie nicht diese Geschichte schon einmal erzählt hat. Ich mache ihr Komplimente.
"Yvonne, du hast nicht nur ein süßes Köpfchen, einen Körper wie geschaffen für die Liebe. Ich weiß nicht, ob ich dir schon gesagt habe, dass du den knackigsten Po Westeuropas hast und einen Busen, der eine permanente Aufforderung ist, an ihm zu

saugen und Liebe zu machen. Ich liebe deine frechen Beine, die einem auch nur das eine ins Gehirn einflössen. Nicht nur, dass du diesen perfekten Körper hast, der mich schon an den Rand des Wahnsinns getrieben hat. Nein, du bist auch eine originelle Geschichtenerzählerin der erotischen Art."

Das war ein sehr langes Kompliment, ich beginne, von mir überzeugt zu werden. Mit meinem Charme liegen mir die komplimentierten Frauen zu Füßen. "Yvonne, bevor du weitere geile Geschichten erzählst, die du dir aus der Nase ziehst oder sonst woher, erzähl mir die wahre Geschichte. Mich interessiert, warum Frauen sich verkaufen, ich bin nie damit zurechtgekommen. Du hast doch mal rumgehurt oder war das auch erfunden?"
"Nein, das ist schon wahr, aber die erfundene Geschichte von vorhin ist einfach interessanter als die Vergangenheit. Die Wirklichkeit ist meist sehr banal. Ich habe meine Muschi für Geld zur freien Verfügung gestellt"

Wie ist die denn drauf? In der letzten halben Stunde hat sich mein Bild von Yvonne doch recht gewandelt, ich lasse mich überraschen.

"Die Wirklichkeit ist sehr, sehr banal. Ich hatte meine Ausbildung als kaufmännische Angestellte gerade abgeschlossen. Import-Export bekam erstes schönes Geld, das ich gleich in ein kleines, aber teures Apartment investierte. Keine zwei Monate vergingen, und ich war arbeitslos, die Firma hatte unerwartet größere Einbußen hinnehmen müssen. Mein Arbeitslosengeld reichte gerade mal für die Wohnung. Meine schicke, kleine Wohnung, beste Lage.

Der Grund, warum ich eine Nutte wurde, ist ganz banal. Ich hatte kein Geld. Mir hat Sex immer Spaß gemacht, warum sollte ich aus dem Vergnügen kein Kapital schlagen. Ich wollte der Hit im Viertel werden, durch besonders anspruchsvollen Sex an die Spitze, ja wenn die Welt mich schon nicht als Import-Export-Angestellte wollte, so würde ich mich an die Spitze ficken. Die verlogene Bürgerwelt hinter mir lassen. Die Gesellschaft

101

hat einen immer gehindert, seinen Sex auszuleben. Jetzt würde gekonnter Sex mein Beruf werden."

Kann das sein, dass sich Yvonne meinem Erzählstil anpasst? Mal weiterhören!

"Ich stellte meine Nummer in die Zeitung, bot anspruchsvollen Service, das Ganze war mit "die anspruchsvolle Nummer" überschrieben. Ich wollte nicht die schnelle Nummer, sondern auch meine Orgasmen. Ich wollte mir sehr viel Zeit lassen, für gutes Geld. Nach drei Tagen wählte der erste Anrufer. Ich versuchte, meine Kunden schon am Telefon scharfzumachen, ich war eine Vorkämpferin in Sachen Telefonsex, und wenn ich meine Freier soweit hatte, meinte ich direkt, das kostet dich dann 300 Gulden. Ich werde dir in den zwei Stunden jeden Wunsch erfüllen. Für 600 Gulden hast du mich 24 Stunden.

Diesen Luxus gönnte ich mir. Viele, die ich schon geil gemacht hatte, sprangen ab. Sie wollten die schnelle Nummer für wenig Geld. Vermutlich hatten sie sich in den Minuten, in denen ich meinen Körper beschrieb, schon einen runtergeholt. Auf fünf Anrufe kam einer für mein zwei-Stunden-Programm."

"Yvonne, ich hätte dich für 24 Stunden gemietet und dich mindestens viermal genommen!" Das unternehmerische Konzept von Yvonne gefiel mir.

"Es wollte mich keiner 24 Stunden lang. Ich müsste vielleicht erst meinen Markt erobern, damit die Freier das Doppelte für einen ganzen Tag hinlegten. Ich dachte sehr kaufmännisch. Das Spiel trieb ich zwei Wochen, dann ging mir die Luft aus. Ich habe viel gefickt, das ist wahr. Zehn weitere Schwänze in meinem Leben kennengelernt, denen ich Gummis überzog. Große, Kleinere.

Das Frustrierende war, die Männer kamen ohne Träume, ohne Phantasie zu mir. Sie wollten mich zwei- oder dreimal ficken, ihre Potenz unter Beweis stellen. Sie waren überzeugte Vertreter der Theorie, ich müsste schon einen Orgasmus bekommen. Ich kann dir nicht viele Details erzählen, ich habe es vergessen.

Bei den ersten Malen bekam ich einen Orgasmus, gefördert durch meinen Enthusiasmus. Ich hatte Dicke, Schwitzende, Querulanten, Sadistische, einen General und zwei Abteilungsleiter. Die ersten Freier waren noch zu ertragen, aber irgendwie wurden die Typen immer widerlicher. Das wäre nur noch im Suff oder einer gleichgültig machenden Droge zu ertragen gewesen.

Nach zwei Wochen hatte ich die Nase gestrichen voll. Ich begann, die Liebe für die Männer zu verlieren, und das sind mir die Gulden nicht Wert. Nach den zwei Wochen hatte ich mir etwas über 3000 Gulden zusammen gefickt, abzüglich der Unkosten für Anzeige und etwas Champus. Ich wollte es den Männern so schön machen. Ich habe einfach die Probezeit als Nutte nicht bestanden. Nutte für zwei Wochen, wo gibt's denn so was?
Ich hätte mich teurer verkaufen sollen, vielleicht macht ja Geld phantasievoll, aber die reichen Geldsäcke sind doch genauso mies drauf. Männer kaufen nicht gerne ein, Frauen sind da die größeren Genießer. Was meinst du?"

"Recht hast du meine kleine Yvonne. Ich habe eben überlegt, was für ein Programm bei mir ablaufen könnte. Würde ich für schnellen Sex bezahlen? Für mehr fehlt mir sowieso die Kohle. Ich wäre sicher total verkrampft und würde eher etwas über mich ergehen lassen. Ich wäre bestimmt nicht der aktive Genießer. Nein Stress von allen Seiten, ich bräuchte wirklich 24 Stunden, um richtig locker zu werden. Mindestens, oder eine Wunderdroge. Meine wunderbare Möchtegernnutte, gibst du mir einen Kuss?"
Die Möchtegernnutte gibt mir einen heißen, zärtlichen Kuss. "Im Grunde genommen stehe ich immer noch als Nutte zur Verfügung, vorausgesetzt das Geld und der Typ stimmt. Ach Quatsch, der Typ ist vollkommen egal, solange die Kohle stimmt. Aber 2000 Gulden müssten schon drin sein, damit ich meinen Hintern bewege." "O Yvonne, was muss an mir dran

sein, dass du ganz ohne 2000 Gulden deinen Hintern für mich bewegst. Beweg mal!"

Einer der schönsten Bewegungen des weiblichen Hintern ist die, wenn der Kerl von diesem geritten wird, man darf aber für diese Art von Bewegung nicht zu erschöpft sein. Diese Art von Bewegung jetzt von Yvonne zu fordern wäre auf vergebliche Liebesmüh hinausgelaufen. Alles andere ist Philosophie. Ich glaube, es würde jetzt auch nicht viel Sinn machen, wenn Yvonne auf der doch recht kleinen Tanzfläche der Henriette den versprochenen erotischen Tanz beginnen würde. Es fehlt außerdem die Musik, und sie hat zu wenig Klamotten dabei, die sie ausziehen könnte. Es macht Spaß einer Frau nachzuschauen und den Blick auf den bewegten Hintern haften zu lassen.

Diese Art von Hinternbewegungen sind in der Regel aber eine große Bereicherung in meinem Leben. Ich fühle mich fast glücklich hier auf der Henriette. Yvonne liegt in meinem Arm, hin und wieder kriegt jeder von uns einen Kuss, und manchmal bewegen sich unsere Hände, um uns zu streicheln.

"Wie wär's Yvonne, wenn wir uns jetzt mit der Henriette auf und davon machen würden. Wir könnten nach Ibiza segeln, ich könnte dir vielleicht Maria vorstellen, wir könnten zusammen Paella essen gehen, und anschließend könnten wir uns in ihrem Apartment gemeinsam lieben. Ich habe das noch nie gemacht!"
"Meinst du, wir müssten dafür bezahlen?" geht Yvonne auf meine Spinnereien ein. "Ich glaube nicht, sie bräuchte uns ja auch nicht bezahlen!" Ich frage Yvonne, wie lange wir wohl bis Ibiza bei günstigem Wind brauchen würden. Fachmännisch schätzt Yvonne, die Strecke auf drei Tage. Ich setze natürlich voraus, dass Yvonne als Niederländerin segeln kann. Eine jede Holländerin kann segeln. Wir haben unsere Eurochequekarten dabei, und ich könnte mit Yvonne in die schicken, kleinen Boutiquen der Stadt gehen, um sie mit reizvollen Klamotten einzudecken.

"Irgendwelche Einwände? Du bist der Kapitän und ich dein Steuermann. Auf nach Ibiza! Ich nehme an, du kannst segeln!"

104

"Ich auch nicht!" sagt Yvonne. "Das macht doch nichts!", kontere ich. "Das lernt man doch schnell. Vielleicht findet sich auf dem Boot eine Bedienungsanleitung."

"Ich hätte Maria nach deinen Erzählungen gerne einmal kennengelernt, aber es spricht einiges dagegen, jetzt loszusegeln." Fast trotzig frage ich "Was denn?" "Ich habe wunderbare Unterwäsche, die ich dir noch nicht vorgeführt habe. Außerdem wolltest du doch, dass ich dir einen Striptease mache. Ich will dir einen Striptease machen, ich bin ganz geil drauf. Wenn ich nicht wüsste, wie es um dich steht, würde ich dir heute noch eine Kostprobe meines Könnens geben. Darauf zu warten, bis wir in Ibiza sind, kannst du von mir nicht verlangen. Du hast doch gar keine Kamera dabei!"

Stimmt, sie hat recht, wir haben keine Kamera dabei. "Außerdem will ich die Photos sehen!" "Welche Photos?" tue ich unschuldig. "Die Photos von Margret natürlich!" Bei soviel weiblicher Logik muss man sich geschlagen geben. Hin und her gerissen entscheide ich, ins Hotel zurückzukehren. Aber wer trennt sich gerne von einem Boot wie der Henriette?

"Sollen wir nicht wenigstens die Nacht hier verbringen?" So eine Nacht unter klarem Himmel, mit all den Sternen. Ist doch sehr romantisch!" "Sehr romantisch und sehr kühl." Nicht einmal für einen Sprung ins Wasser ist sie zu bewegen. Sie zieht sich an, und ich mache es ihr nach, unbemerkt klettern wir an Land und kehren brav ins Hotel zurück.

Dieser Tag hat ein Recht auf ein Ende. Ich bestehe darauf, dass wir die Nacht getrennt verbringen. Es droht, dass ich mich wieder verliebe. Vielleicht ist es schon passiert. Yvonne will an der Hotelbar noch einen trinken. Ich nicht! Vor dem Hotel gebe ich ihr noch einen kurzen Kuss. Sie lächelt mich an und sagt "Bis morgen". Wir gehen getrennt ins Hotel, geben somit keinen Anlass für neuen Hoteltratsch. Der Aufzug begrüßt mich freudig mit Hallo. Müde erwidere ich den Gruß. Er ändert seine Tonlage und fragt: "Hast du Sorgen?" Ich will schon entgegnen:

"Lass mich in Ruhe, dämlicher Aufzug!", aber das würde doch vielleicht seine Gefühle verletzen.

"Nein, nein Aufzug, im Gegenteil. Es ist alles viel zu viel." Den Rest der Strecke schweigt der Aufzug verständnisvoll. "Gute Nacht!" gibt er mir noch auf den Weg. "Zimmer 1035, richtig!"

Zimmer 1035, richtig! Ohne mir die übliche Katzenwäsche zu verabreichen, gehe ich nackt ins Bett und begebe mich in diesen merkwürdigen Zwischenzustand, den man Schlaf nennt. Zwischen was? Zwischen Leben und Tod? Nein, nein, ich habe immer immer gefühlt, dass der Schlaf nichts mit dem Tod gemein hat. Der Schlaf ist nicht der kleine Bruder des Todes. Die Nacht liegt zwischen zwei Tagen, so einfach ist das.

Vielleicht ist das mit dem Schlafen einfach so: Es ist dunkel, unser Gedächtnis fällt aus, wir können uns einfach an nichts erinnern, und das ist sehr erholend. Gedanken beschäftigen uns, auch Bilder, die sofort in Vergessenheit geraten. An der Schwelle zum Wachsein gewinnen wir langsam oder auch schnell unser Gedächtnis zurück, das nennen wir dann Traum oder Traumerinnerung. In wenigen Minuten, wenigen Sekunden lernen wir, uns erneut zu orientieren. So wird das vielleicht sein.

Es ist schon hell, ich habe das Gefühl, gut geschlafen zu haben. Ich habe davon geträumt, Gefangener eines wilden Amazonenstammes zu sein oder vor ihm auf der Flucht zu sein. An einem Marterpfahl gefesselt, muss ich sehen, wie die nackten, schwitzigen Weiber um mich herum tanzen. Ihre Gesichter, Brüste und Hintern tragen Kriegsbemalung. Ich bin auch nackt, und sobald ich an einer Stelle eine Gefühlsregung zeige, schießt man mit Pfeilen auf mich oder schlimmer noch, man stürzt sich auf mich. Es ist ein großer Amazonenstamm, deren Pfeile mit qualvollen Liebesdrogen vergiftet sind. In der Masse der nackten Weiberleiber sind die Gesichter von Yvonne, Maria und Margret zu entdecken. Sie gehören zum Ältestenrat, das sieht man an den strammen Brüsten. Irgendwann wird die Folter ihren Höhepunkt erreichen, diese Drei werden mich ermattet vom Pfahl binden, und, falls sich noch irgendetwas Festes an mir befindet, werden sie es verstehen, es weichzumachen.

Ich weiß nicht, was ich geträumt habe und lerne es schnell, mich geschickt in die Widersprüchlichkeit des modernen Seins zu verwickeln. Ich gehe mich waschen, gehe frühstücken. Yvonne sitzt an meinem Tisch, sie guckt kein bisschen böse, obwohl ich sie etwas warten lassen habe.

"Morgen Yvonne, gut geschlafen?" "Ich habe wunderbar geschlafen!" "Ich habe geträumt, Gefangener eines Amazonenstammes zu sein. Die waren alle nackt, und du warst der Häuptling. Du hast mich schließlich befreit und gerettet für das Versprechen, entweder ein großes Lösegeld zu zahlen oder mich in dich zu verlieben." "Ich hoffe, du hast die erste Möglichkeit gewählt." meint Yvonne. Ich kann den Unterton ihrer Bemerkung nicht verstehen. Ironisch, ängstlich, hoffend, besorgt oder amüsiert? Ich weiß es nicht.
"Ja natürlich, Yvonne. Im Traum hatte ich einen reichen Vater, ein mächtiger Sklavenhändler, und ich versprach dir hundert kräftige und gut aussehende Sklaven aller Rassen. Für dieses Lösegeld hast du mich dann laufen gelassen." "Ein schöner Traum" meint sie. Ich gieße uns Kaffee ein, und wir beginnen zu frühstücken. "Ich habe nichts geträumt." "Jeder träumt, du kannst dich nur nicht erinnern." "Ich dachte, Amazonen sind lesbisch." "Dachte ich auch, aber in meinem Traum war es nicht so!"

Yvonne fragt mich, ob ich den Träumen irgendeine Realität beimesse. "Jede." antworte ich und kaue an meinem Brötchen. "Was machen wir?" frage ich sie. Sie schlägt vor, an den Strand zu gehen. Das ist mal gerade über die Promenade. Wir frühstücken zu Ende, verabreden uns für den Strand. Jeder holt seine Badeklamotten, und dazugehören bei mir auch ein Walkman und ein Buch. Zu ihrem Strandgepäck gehört ein holländisches Penthouse.

107

Sie trägt einen rosafarbenen Bikini und ich versuche zu vermeiden, ihr zu sagen, dass diese Farbe nicht zu ihr passt. Ich will jede Szene vermeiden, vielleicht ist das ja ihr Lieblingsbikini, den sie sich extra für mich angezogen hat. Das wird erstmal ein fauler Tag werden, wir werden gemeinsam in der Sonne dösen. Ich werde zum ersten Mal in einem holländischen Penthouse blättern und mir so dreifach Appetit holen.

Yvonne legt ihr oberflüssiges Oberteil ab und bittet mich, sie einzureiben. Sie besteht darauf, das mindestens so erotisch auszuüben wie damals bei Maria. Kann sie damit nicht noch etwas warten! "Yvonne, du sollst heute voll auf deine Kosten kommen!", und ich sehe auch voll ein, dass wir uns vor dieser spanischen Morgensonne schützen müssen. Sie liegt auf dem Bauch, verbirgt ihr stupsnasiges Gesicht hinter einer Sonnenbrille und liest in ihrem Penthouse.
"Wie findest du die?" fragt sie, und ich antworte scherzend: "Die kenne ich." In diesen Blättern ist eine so schön wie die andere, man kann sich vielleicht überflüssigerweise Gedanken über den Charakter der Mädchen machen, wenn man ihre Gesichter betrachtet. Ja, es ist absurd, das interessanteste sind die Gesichter. Ach Quatsch! Ich gucke wieder auf das Höschen von Yvonne, auf diesen knackigen Po, und ich muss gestehen, die Farbe des Höschens beginnt mir zu gefallen. Man kann sich ja irren.

Ich beginne mit meiner Arbeit. Sie hat eine wunderbare Haut. Wie kann ein blonder Mensch so braun werden? Ich lasse mir sehr viel Zeit mit meiner Creme und mit meinen Händen. Ab und zu gibt Yvonne Geräusche der Zufriedenheit von sich. Während dieses Akts kommt manchmal die Frage in mein Bewusstsein, ob ich mich in Yvonne verliebt habe. Ich verweigere mir jedes Mal ängstlich die Antwort.

Was für ein wunderbarer Po. Das moderne Bikiniteil ist vollkommen strahlendurchlässig, dadurch wird es zu einer Pflicht, den nackten Hintern sorgfältig einzureiben und kein Moralapostel darf sich darüber aufregen, wenn dies öffentlich am Strand geschieht. Jedes Textil ist mehr oder weniger strahlungsdurchlässig. Es war meine Aufgabe, Yvonne ihr rosa Höschen etwas runter zuziehen. Ich streife das Höschen bis zu den Oberschenkeln. Ich wünsche mir, jeder dieser Oberspießer kann diesen Popo sehen.

Leute, schaut her, was meine Yvonne zu bieten hat. Als meine Hände anfangen, ihren Hintern einzureiben, macht Yvonne Ah. Der Einreiber ist gehalten, seine Aufgaben gründlich zu erfüllen. Man muss wirklich alle Stellen einreiben, die Sonne ist zu gefährlich. Es ist besonders delikat, in der Öffentlichkeit die Schamlippen oder das Glied einzureiben. Man ist gehalten, dies schon auf den Hotelzimmern zu tun. Ich habe nun die ganze Rückseite von Yvonne gründlichst bearbeitet und bitte sie nun zu drehen. Da dies kein FKK-Strand ist, muss ich mein Werk bei den Schamhaaren fortsetzen, um schnell wieder das Höschen darüber zuziehen. Hinter ihrer Sonnenbrille lächelt mich Yvonne zufrieden an, was ich als Zeichen deute, dass ich meine Sache gut mache.

Das Höschen ist wieder an seinem Platz. Ich liebe dieses rosa Höschen, es passt wunderbar zu ihr. Ich bin nun mal ein widersprüchlicher Mensch. Wie konnte ich nur denken, rosa Dessous würden nicht zu einer gebräunten Yvonne passen? Liebevoll kümmere ich mich um den Busen. Auch bei dieser zarten Haut muss man sehr gründlich sein. Ich habe mich in Yvonne verliebt, gebe es aber noch nicht zu. Mal sehen, was der Tag noch bringt.

Täglich werden Millionen Frauen von ihren Liebhabern mit Sonnencreme eingerieben. Mehr oder weniger erotisch geht es dabei zu. Hat es irgendeinen Sinn darüber zu erzählen? Die Geschichte über Maria hat Yvonne angetörnt und mich, den Erzähler, auch. Jede erotische Erzählung hat letztendlich einen trivialen Hintergrund.

Sex ist banal, milliardenfach vollzogen und dennoch für den Einzelnen, der die Sache lange vermisst hat, eine sehr aufregende Sache.

Es ist angenehm aufregend, wie Yvonne im Gegenzug ihre Hände mit fettiger Sonnencreme über meinen Körper gleiten lässt. Auch sie muss mir meine grüne Badehose runter ziehen und ich hoffe, sie reibt mir empfindliche Stellen schön ein, schön gründlich. Auch ich habe einen Hintern, der eingerieben sein will. Über meine Qualitäten kann ich mir kein Urteil bilden. Ich gehe mal davon aus, dass er guter Durchschnitt ist.

Es ist angenehm, wie ihre Hände über die Hinterbacken gehen und hier länger verweilen als nötig. Ein erregendes Gefühl läuft am Rückenmark entlang. Ich habe mich immer gefragt, was Frauen an Männerpos finden. Von ihnen geht doch keine direkte Aufforderung zum Geschlechtsverkehr aus. Der weibliche Hintern bietet den Angriffspunkt für unser Männerorgan, den Angriffspunkt, um die Frau zu nehmen. Ein Frauenpo kann also durchaus eine deutliche Sprache sprechen, aber was kann ein Männerpo schon anderes bieten als etwas zum Anfassen, ein Halt für Frauenhände.

Bilden sich die Frauen ein, ein knackiger Männerhintern gehört zu einem feurigen Liebhaber? Auch Frauen wollen etwas zu gucken haben. Ich finde es beruhigend, dass die Frauenhintern so grundsätzlich anders ausschauen als die vier Buchstaben der Männer. Gott sei Dank! Wir unterscheiden uns nicht nur in unseren Geschlechtsorganen, nein, im Idealfalle ist alles anders!

Es wäre vielleicht interessant zu hören, was Yvonne zu diesen Fragen zu sagen hat, aber ich bleibe lieber im Unklaren. Für manche Frau ist es wie Blasphemie, bestimmte Fragen gestellt zu bekommen. Ich täusche lieber vor, als würde ich die Frauen verstehen, genieße ihre liebevollen Hände, statt von zornigen verstoßen zu werden.

Es ist schön, wie Yvonne das macht, ich bin ganz entspannt, habe keine falsche Scham. "Es ist schön Yvonne, wie du das machst!" "Man muss sich doch revanchieren" sagt sie. Das tut sie. Es ist mir egal, dass mein halberigierter Schwanz, sagen wir besser, dreiviertel erigiertes Glied für eine kurze Minute von einem Teil des Strandvölkchens bestaunt werden kann. Sollen sie doch neidisch sein. Sollen sie mich doch bewundern. Vielleicht schauen die meisten aber auch auf etwas anderes, auf Yvonnes Titten, auf Yvonnes Arsch und schmieden Pläne, wie sie mir Yvonne ausspannen können.

Ich genieße die Situation, auch meine Badehose ist schnell wieder da, wo sie hingehört. Yvonne bedauert das. Sie gesteht, dass sie schon ein Bedürfnis verspürt hat, ihn in den Mund zu nehmen und an ihm zu saugen, aber das könne man ja wohl in der Öffentlichkeit nicht machen. Um ihren Frust und Durst zu stillen, macht sie mir und sich selbst ein Glas Bacardi - Cola. Die Sauferei geht also schon kurz vor Mittag los.

Das Zeugs kommt schön kühl aus der Thermosflasche. "Auf Ex!" sagt sie. Diese Holländer haben merkwürdige Sitten. Ich bin eingerieben, und in wenigen Minuten wird ein Anflug von Besoffenheit über mich kommen.

Weiß du, beginne ich, die Titten von Margret waren gigantisch, ein Mann braucht das manchmal. Margrets Titten waren selbst größer als die von Maria, aber Maria war groß und Margret eher klein, was den Eindruck von Gigantismus verstärkte. Ich will es mal ins rechte Licht rücken, es machte einen starken Eindruck auf mich.

Ich vermied, die Sache zu erwähnen. Seitdem ich die Kamera in der Hand hatte, war Margrets Stimmung ausgelassen und stabil. Sie war der Star, hatte die Laune, die Ausstrahlung, die ein Star braucht. Immer, wenn sie die Unterwäsche wechselte, schloss ich die Augen oder drehte mich um, und dann sagte sie: "Jetzt kannst du wieder gucken!" Während der Sitzung wechselte sie sechsmal die Strümpfe. Strümpfe in sechs verschiedenen Farben, in verschiedenster Ausführung. Pumps in sechs verschiedenen Farben, alles passte prächtig zueinander.

Die Wäsche wurde immer knapper. Sie bot sich schon in ihren neckischen Dessous in den verführerischsten Positionen an. "Du möchtest sicher auch ein paar Oben-Ohne-Aufnahmen machen." Aber sicher doch, ich verschloss die Augen, damit sie ihren weißen BH ausziehen konnte, später würde ich nicht mehr weggucken. Als ich die Augen wieder aufmachte, hatte sie einen wunderbaren schwarzen Minislip an und die dazu passenden schwarzen Pumps.

Ich ließ sie wieder auf und ab gehen. Sie hatte einen wunderbaren Po, ich genoss die Klack-Klack-Geräusche der Pumps, die mich schon zuvor in sexuelle Exstase gebracht hatten. Yvonne gießt mir weiteres Bacardi-Cola ein. Der erste Film war verschossen. Ich bat Margret ihr Höschen auszuziehen, nachdem ich mehrere Präsentationsfotos ihres Busens gemacht hatte. Sie schien wirklich nicht unter ihm zu leiden, sich ihrer Brüste zu schämen. Bereitwillig nahm ich sie in meine Hände, spielte mit ihnen. Ein erstes Mal leckte ich an ihnen. Ich bat sie, das Höschen auszuziehen, ohne dass ich weggucken müsste.

"Zieh das Höschen ein bisschen über den Arsch!" Ich konnte alles erahnen. "Und jetzt entledige dich ganz deines Höschens." Ich hatte schon mindestens 30 Aufnahmen gemacht. Sie tat so wie geheißen und stellte sich mir und meiner Kamera in den aufreizendsten Posen. Ich machte Großaufnahmen von ihrem Mund, ihrem dunklen Bären, ihrer Zunge. Sie kannte keine Scham, denn sie machte die Beine für die Kamera breit, um möglichst viel von ihren Geheimnissen preiszugeben. Ich machte Photos, wo nur ihr Hintern im Sucher war, und ich achtete darauf, dass eine für mich eigentlich unwesentliche Stelle auf das Zentrum des Fotopapiers kam. Intimität hat ihren Reiz.

Yvonne küsst mich und legt ihren Zeigefinger auf meine Lippen. Ich soll wohl schweigen. "Weiß du, Yvonne, am Atlantik folgte ich im Regen einer Frau." Yvonne legt wieder den Zeigefinger auf meine Lippen. In der Ferne sehen wir die Henriette segeln. Vermutlich Richtung Ibiza. Ohne uns. "Heute Nacht mache ich dir einen klasse Striptease!" sagt Yvonne.